JN068241

メディアワークス文庫

ビブリア古書堂の事件手帖Ⅲ

～扉子と虚ろな夢～

三上 延

登場人物

篠川栞子《しのかわしおりこ》
ビブリア古書堂店主。古書に関してずば抜けた知識を持つ本の虫。母がロンドンに持つ古書店で働くことが増えている。大輔の妻。

五浦大輔《ごうらだいすけ》
過去の体験から、本が読めなくなった特異体質の持ち主。海外での仕事が増えた妻に代わりビブリア古書堂の経営を担う。栞子の夫。

篠川扉子《しのかわとびらこ》
栞子と大輔の娘。母親譲りの本の虫。大輔の「手帖」を読んで以降、ビブリア古書堂のもう一つの仕事に惹かれ始めている。

篠川智恵子《しのかわちえこ》
栞子の母。扉子との邂逅をきっかけに海外での仕事をセーブし、日本滞在中は膨大な蔵書が収められた屋敷で暮らしている。

樋口佳穂《ひぐちかほ》
依頼主。亡くなった元夫の蔵書約千冊が、彼の父の手により処分されようとしており、それを止めようとビブリア古書堂に依頼する。

樋口恭一郎《ひぐちきょういちろう》
高校生になる佳穂の息子。これまでほとんど本を読まなかったが、同じ高校に通う予定の先輩・扉子の影響で本に興味を持ち始めている。

杉尾康明《すぎおやすあき》

佳穂の元夫。虚貝堂の三代目になるはずだったが癌により死去。若い頃に出奔した過去があるが理由や詳細は不明。

杉尾正臣《すぎおまさおみ》

虚貝堂の二代目店主。病気がちで部下の亀井に半ば店を任せている。古書市で息子の蔵書を売り払おうとしている。

亀井《かめい》

虚貝堂の現番頭。杉尾家とは家族同然の付き合いで、康明の亡き今、彼らが仲直りしてくれることを願っている。

神藤由真《しんどうゆま》

ドドンパ書房店主。悪意のない性格で同業者からは娘や孫のように扱われている。古書組合のマスコット的存在。

滝野蓮杖《たきのれんじょう》

サブカル方面に明るい滝野ブックスの店主。古書組合支部長。

プロローグ・五日前

春先の小糠雨《こぬかあめ》が音もなく北鎌倉に降り注いでいる。

ビブリア古書堂は今日が定休日だ。

ガラス戸の内側にはカーテンが引かれ、鉄製の立て看板も片付けられている。横須賀《よこすか》線《せん》の北鎌倉駅の近くで六十年以上、三代に渡って営業を続けているこの店は、開店してから一度も建て替えられていない。時が止まったように昔の面影を残している。

店内には年代物の木製の書架が並び、硬い背表紙の古い本が通路にまで積み上がっている。鎌倉市の中心から外れたこの界隈《かいわい》で唯一の専門古書店だ。時代の移り変わりでネット通販が売り上げの主力になった今でも、この店を直接訪れる客は絶えていない。

それは定休日でも同じだ。今も建物のどこかから声が聞こえてくる。

店の中に人影はないが、奥のドアは二階建ての母屋に繋《つな》がっている。薄暗い廊下の先に玄関があり、玉砂利の三和土《たたき》にサイズの大きな女物のブーツが置かれていた。ここに来ている客のものだ。廊下の突き当たりにある明かりの点《つ》いた和室で、女性二人が座卓を挟んで座っている。

縁側の大きな掃き出し窓に、彼女たちの姿がくっきりと映っていた。

「……こちらでは本について、色々な相談に乗っていただけるんですよね」

挨拶の後で口を開いたのは客の方だった。顔も体もふっくらとした、いかにも人の好《よ》さそうな中年女性だ。樋口《ひぐち》という名前らしい。

色々な相談、というのは単なる売り買いを意味していない。長い年月、人の手を渡ってきた古い本は時として仲違《なかたが》いや奪い合いの原因になる。ビブリア古書堂ではそういったトラブルの調査や仲裁も請け負っている。依頼人は定休日に来ることが多い。この女性もその一人だった。

「は……はい。一応、承っています」

篠川栞子《しのかわしおりこ》は俯《うつむ》いたままぼそぼそと答える。

背中まで伸ばしたロングヘアに太いフレームの眼鏡。黒いニットに煉瓦《れんが》色のキュロットスカートがよく似合っている。店を継いで十数年経《た》った今も、容姿は不思議なほど昔の面影を残していた。他にも昔のままのところがある。ずっと客商売をしてきたのに、彼女は極度の人見知りだった。

　加えて今日は夫の大輔《だいすけ》が不在だ。葉山町に住む常連客のマンションへ、古書の出張買い取り——宅買いに出かけている。彼が一緒にいれば心強かったはずだが、いないものは仕方がない。喉の詰まりを呑《の》みこんで、栞子は話を続ける。

「よ、よろしければ、お話をお聞かせ下さい……。ただ、わたし……わたしたちは素人ですので、できることには限りがございます。ご期待には添えないかもしれませんが……」

　頼りない言葉に樋口は戸惑った様子だった。しかしそれも一瞬のことで、すぐに気を取り直したように口を開いた。

「わたしの息子に相続権のある古書が、あと数日で売り払われようとしているの。それをどうにかして止めたくて」

「……どなたから相続されるんですか？」

「息子の父親です。わたしにとっては前の夫で、二ヶ月前に癌《がん》で亡くなりました」

　栞子は頭を整理するように軽く瞬《まばた》きをする。いつのまにか膝の上で分厚い文庫本をゆっくり撫《な》でていた。新潮文庫の『蝶々《ちょうちょう》と戦車・何を見ても何かを思いだす』。ヘミングウェイの短編集だが、目の前の相手に見せる様子はない。ただ手遊《てすさ》びにしているだけらしい——本に触れると彼女の気分は落ち着く。

本から力を得たように、いつのまにか背筋がぴんと伸びていた。

「……前のご主人と離婚されたのはいつごろですか」

「十三年前、だったかな。息子はわたしが引き取りました。その後わたしは今の夫と再婚して、下の子もできたけれど、彼の方は独り身のままで……息子以外に相続人はいません」

苦いものが声ににじんだ。新しい家庭を築くことができた彼女は、そうならなかった前の夫に引け目を抱いているのかもしれない。

「読書がほとんど唯一の趣味で、かなりの蔵書を持っていました。というより本以外にほとんど遺品はなくて……本の虫っていうのかしら。そういうタイプの人は、古書の世界で珍しくないんでしょう？」

「まあ、そうですね……」

ヘミングウェイの短編集を撫でる手が止まった。もちろん栞子も「本の虫」の一人だ。いつでもどこでも手当たり次第になんでも読む。この文庫本も客が来る前まで読んでいて、座卓の下に置きっぱなしになっていたのだろう。本の話ならいくらでもしていられる。依頼の話が始まると態度に余裕が出てきたのは、内容が本に関係しているからだ。

「蔵書の数やジャンルはお分かりになりますか」

「そうね……千冊ぐらいある、って何年か前に言っていた憶《おぼ》えがあります。推理小説は好きでしたね。他にも色々読んでいたみたいだけど、わたしもあまり詳しくなくて……ただ、コレクションのために読まないものを買うことはなかったと思います。とにかく読むことが好きで、自分は読書で作られた人間だってよく言っていました」

栞子は共感するようにうなずいて、話の先を促した。

「息子が物心ついた時、わたしたちはもう別れていましたけど、前の夫が実の父親だということに変わりありません……だから、彼が遺《のこ》したものは息子に渡したいんです」

「息子さんは今、おいくつですか」

「十五です。最近はなにを考えてるのかよく分からなくて……こっちが不安になるぐらい。来月には高校生だから、仕方がないんでしょうけど」

「……お気持ちはとてもよく分かります。わたしにも高校生の娘がいますから」

二人の母親は笑顔を見せ合う。雰囲気が打ち解けたものに変わった。思春期の子供を持つ親同士らしく、しばらく子育てについて当たり障りのない会話をしてから、その続きのように栞子が本題に入った。

「それで、前のご主人のご蔵書をどなたが売ろうとしているんでしょうか」

依頼人の表情が曇る。答えるまでにしばらく時間がかかった。

「前の夫の父です。息子にとっては祖父で……わたしにとっては元舅《しゅうと》ということになるのかしら。前の夫とは二人暮らしでした」

「特にご遺言もなかったのなら、法定相続人はあなたの息子さんですよね……故人のお父様が勝手に遺品を売却する権利はないはずです。まずは弁護士を通じてそうお伝えするべきだと思います。そういう複雑な事情のある古書を買い取る業者もまずいないでしょうし……」

栞子は探るように相手の表情を窺《うかが》う。そんな簡単な対応で済むなら、こうして相談に来てはいないはずだ。案の定、依頼人が首を横に振った。

「業者が買い取る必要はないんです」

「どういうことですか？」

「亡くなった前の夫も、彼の父親も古書店の人間です。店の商品ということにして、堂々と売りに出せるんです」

沈黙が和室に満ちた。栞子が息を呑んでいる。思い当たる節があったようだ。

「それは……この県内の古書店ですよね？」

「ええ。虚貝堂《きよかいどう》という古書店で……やっぱり、ご存じでした？」

「先々月のお通夜では、わたしも夫もご焼香に伺いました」

　虚貝堂はＪＲ戸塚駅のそばで半世紀以上前から営業している。店主の杉尾《すぎお》正臣《まさおみ》はもう七十代で、かつては近隣の古書店が加盟する古書組合支部の理事を長く務めていた。二ヶ月前に一人息子である康明《やすあき》の葬儀を執り行っている。同業者の信頼も厚い。

「亡くなった息子さん……康明さんとは、あまりお目にかかる機会はありませんでしたが、店主の杉尾さんにはわたしたちも昔から大変お世話になっています。この業界では大ベテランですし、法的な手続きも踏まずに故人の蔵書を売るようなことをするとは考えにくいですが……」

「わたしもそう思ってました。でも、ここ数年は様子がおかしくて……人が変わったみたいなんです。今回の件でも何度か話し合おうとしましたが、まったく取り合ってくれません。藤沢《ふじさわ》の古書即売会で売りに出す、その一点張りなんです」

　古書即売会はデパートや駅前の広場などで行われる販売イベントだ。いくつかの古書店が品物を持ち寄って合同で売り場を作る。昔ほどの活気はないというが、掘り出し物を捜しにやってくる客も少なくない。店にとってもまとまった売り上げを作るメリットがある。

「藤沢駅前のデパートで開かれる催事でしたら、確かに虚貝堂さんは参加されますね。今回はうちも参加予定です」

「即売会の告知はネットで見ました。会場には前の夫の父も顔を出すはずです。例の蔵書を売らないよう話していただけませんか？　同じ業界の方から説得されれば、耳を傾けるかもしれません。息子の葬式を出したばかりの人に、弁護士を会わせるような大袈裟《おおげさ》なことをしたくないんです……お願いします」

樋口が深々と頭を下げる。文庫本を握りしめていた栞子の手がふっと緩んだ。

「……分かりました。とりあえず、わたしか夫が虚貝堂さん……杉尾さんから話を伺ってみます。ただ問題は……」

そこで彼女は言《い》い淀《よど》む——一体、なにが問題なんだろう？

薄暗い廊下で固唾を呑んで成り行きを見守る人影がある。

その足下でぴしりと床板が鳴った。つい爪先に力が入りすぎてしまったのだ。和室の外を見る栞子の姿が、縁側のガラス窓にはっきりと映った。目が合ったかもしれない。人影は音もなく後戻りして、襖《ふすま》を開けて中に入った。

他の部屋と同じく壁の大半が書架で覆われている。窓際に置かれた学習机とチェストだけがかろうじて人の寝起きする気配を漂わせていた。ここは子供部屋だ。

ブレザーの制服を着た女子高生が、襖を背にして立っている。長い黒髪もフレームの太い眼鏡も、それに目鼻立ちも栞子によく似ている。外見だけではなく本好きなところも受け継いでいた。

篠川扉子《とびらこ》は栞子と大輔の一人娘だ。

彼女は胸元を押さえてゆっくり深呼吸する。偶然をきっかけに和室の会話を聞いてしまった。学年の修了式でいつもより早く帰ると誰もいない。雨で濡《ぬ》れたローファーを洗面所で手入れしているうちに母が戻り、その後すぐに客も訪ねてきた。

こっそり自分の部屋に戻ろうとした時、話の内容が耳に入ってきて足が止まった。自分が知るべきではないと分かっていたが、扉子も虚貝堂で古書を買ったことがある。店主の杉尾をはじめ、店の人たち全員の顔を知っている。

なぜ亡くなった人の蔵書を勝手に売るのか、そしてなぜその場所が来週の古書即売会なのか――どれも扉子が知らなくていいことだ。けれども、読みかけの本の続きを想像する時のように、考えることをやめられなかった。

扉子は近くの書架に近づくと、一冊の文庫本を手に取った。新潮文庫『マイブック』。日付だけが入った白紙のページで構成された文庫本だ。本を摸《も》した日記帳のようなもので、毎年刊行されていた。

扉子は机の前に座り、『マイブック』の今日のページにたった今耳にしたことを書き込んでいく。記録するためではなく気持ちを整理するためだ。つい知ってしまったことを吐き出して、ここだけに留《とど》めておけるように。

父の大輔はその年の『マイブック』に、ビブリア古書堂が関わった事件を記録している。今日の依頼についてもきっとなにか書き残すはずだ。

扉子が自分の『マイブック』を持っていることを両親は知らない。これは彼女一人のための覚え書き。

父は自分の記録を事件手帖と呼んでいるらしい――扉子も自分の記録を同じ名前で呼んでも差し支えはないだろう。

つまりこれは、もう一冊のビブリア古書堂の事件手帖なのだ。

初日・映画パンフレット　『怪獣島の決戦　ゴジラの息子』

初日・映画パンフレット『怪獣島の決戦　ゴジラの息子』

「……あ」

東海道線の電車を降りた樋口恭一郎《きょういちろう》は、藤沢駅のホームでふと立ち止まった。

今日は四月一日。この前中学を卒業した彼は、もう高校生ということになる。例えば今日、事件とか事故に巻きこまれたとする。それがニュースになったら「男子高校生（15）が意識不明の重体」と書かれるわけだ――いや、重体は困る。「男子高校生（15）が軽いけが」ぐらいにしたい。それで「奇跡の生還」とか騒がれたりするのだ。

色々想像するうちに、緩みかかっていた口元を引き締めた。

事件や事故になんて遭ったことはないし、たぶんこれからも遭うことはない。人から注目されるような出来事に恭一郎は縁がなかった。駅のホームを歩く彼は季節外れのダッフルコートを着て、安物のショルダーバッグを提げたただの十五歳だ。成績も運動神経もそこそこ。背は高くないし顔もたぶん普通だ。八歳の妹にはこの前

「お兄ちゃんは遠くから見るとかっこいいね」と無邪気に褒められた。小学生のわりに意外と心を抉《えぐ》ってくる。

もちろん彼女もいない。遊びに行く予定もなかった。今日は人生初のアルバイトのために藤沢駅まで来ていた。

ホームの階段を上りきったところで、背後から誰かに肩をぶつけられた。恭一郎は大きくよろめいたが、地面に手を突く羽目にはならなかった。

「すいません」

相手だけではなく、恭一郎も反射的に謝っていた。大きなビジネスバッグを肩から提げた、小太りの中年男性が怪訝《けげん》そうに振り返る。こういう時、自分が悪くなくても「すいません」と言ってしまうのは恭一郎の癖だ。多少みっともない気もするが、こんなことでいちいち他人とケンカするよりはましだと思う。

中年男性は軽く頭を下げて、せかせかと走り去っていった。なにか用事があるのかもしれない。鮮やかな黄色いセーターに包まれた丸い背中は大きな風船を思わせる。空に浮かぶところをつい想像してしまった。

恭一郎はゆっくり歩き出す。人と待ち合わせをしているが、あの男性のように急いで行く気はしない。正直、それほど会いたい相手でもなかった。

藤沢駅の改札を出る前から、杖《つえ》を頼りに立っている年配の男性が目についていた。薄い白髪頭に度の強そうな眼鏡。春だというのに枯れ葉のような茶色のスーツで、がりがりに痩せた体を包んでいる。

「恭一郎……か？」

近づいていくと老人が自信なさそうに声をかけてきた。名前は杉尾正臣。恭一郎の祖父だ。

「あ、はい。おはよう、ございます」

「おお。時間通り、だな」

老人は腕時計を見下ろす。恭一郎もスマホを確認すると、午前十時だった。

「……ですね」

「よし……行こう」

ぎこちない会話が二人の距離感を物語っている。恭一郎の憶えている限りでは、片手で数えられる回数しか顔を合わせたことがない。そのほとんどは恭一郎の父親であり、正臣にとっては息子にあたる康明の葬儀や法要だった。

杉尾康明が亡くなったのは二ヶ月前だ。享年四十七歳。恭一郎が三歳の時に母とは離婚したので、一緒に暮らした記憶は残っていない。恭一郎の誕生日に毎年会ってはいたが、父親との会話はまったく弾まなかった。黙ったままずっとにこにこしている、摑《つか》みどころのない人だった。好きとも嫌いとも思っていない。ただ、存在感のなさや押しの弱そうな性格には血の繋がりを感じていた。めったに連絡も取らずにいた。

去年、父親は末期の胃癌《いがん》と診断された。

入院してからは何度か見舞いに行った。父の枕元にはいつも紙の本が積み上がっていた。読書の習慣がない恭一郎には、なんの本なのかよく分からなかった。古書店で生まれ育った父は、幼い頃から本ばかり読んできたという。

「お前に働いてもらうのは、催事が終わるまでの三日間だ」

隣を歩く祖父が低い声で話しかけてくる。二人が向かっているのは連絡通路の先にある古いデパートだった。入り口の脇に看板が見える。「第60回　藤沢古本市　4月1〜3日」と書かれていた。恭一郎はまったく知らなかったが、ずっと昔から毎年開催されているイベントで、祖父の経営する古書店も参加している。恭一郎はその手伝いとして雇われたのだった。

「今日の午前中はレジの使い方を憶えてもらう。現金も扱うから、くれぐれも気を付けるようにな」

鋭い目を向けられて、恭一郎は黙ってうなずく。見た目通り仕事には厳しいタイプのようだ。

ろくに面識もない祖父の仕事を手伝うことになったきっかけは、父の四十九日の法要だった。


先週、恭一郎は母親と父の法要に行った。

祖父が経営し、父が継ぐはずだった古書店――虚貝堂は戸塚駅近くの商店街にある。通りから見える店構えは洋館のような重厚なレンガ張りで、ショーウィンドーには古い英語の本も並んでいたりする。けれども建物の裏側から眺めると、なんの変哲もない瓦葺《かわらぶ》きの古びた日本家屋だった。表通りから見える壁の一面だけを西洋風の外装にしているのだ。ネットで調べたら看板建築と呼ばれているスタイルらしい。

祖父が住まいとして使っている二階に、親族や仕事の関係者が数人だけ集まって、内輪の式が営まれた。離婚して親族ではなくなった母は居心地が悪そうだったが、恭一郎も同じようなものだった。住職が近所の寺へ帰り、恭一郎も帰り支度をしていると、仏壇の前で母と祖父が小声で話し始めた。

かなり深刻な雰囲気で、先に帰っていなさい、と母には言われた。中学の制服にダッフルコートを羽織り、バッグを提げた恭一郎は、階段を降りて玄関から外へ出る。

帰る前にふと思い立って、店舗兼母屋の隣にある二階建ての離れに入った。生前の父は母屋ではなくそこで暮らしていたらしい。見舞いに行った時、本人から聞いた。

離れといっても一階はただの倉庫だった。明かりを点けると、コンクリートの床にスチール製の書架が長い列をいくつも作っている。図書館みたいだと最初は思ったが、よく見ると雰囲気が違う。縛られたままの文学全集やビニール袋に入った古い雑誌が積まれていたりする。掃除が行き届いているせいか、埃《ほこり》の匂いはあまりしなかった。

ここにあるのは古書店の在庫で、その管理や整理も父の仕事だったという。恭一郎は隅にある階段を上って、父が寝起きしていた二階も覗《のぞ》いた。ベッドとローテーブルの置かれた畳敷きの部屋が一つあり、隣には狭いキッチンやトイレも備わっていた。まるで一人暮らし用のアパートのようだった。

葬儀の後で誰かが掃除したのか、父がきれい好きだったのかは分からないが、どこを見てもきちんと整理されている。ただ、不思議なことに本が一冊もなかった。

（一階の倉庫には俺の本も置かせてもらっていた）

病室で聞いた父の言葉が蘇《よみがえ》る。

（休日は大抵倉庫で過ごしてたよ。店の在庫を整理しながら、好きな本を好きなように読《よ》み耽《ふけ》って……）

やつれた顔とは不似合いに、父の声は明るかった。

一階に戻った恭一郎は、書架の間を歩き回る。たぶん父も同じようにしていたはずだ。恭一郎にはピンと来ないが、本人は楽しかったに違いない。別れて暮らしている十五歳の息子のことを、少しは考えることはあったんだろうか。

別に考えて欲しかったわけでもない――と思う。恭一郎の方も実の父をろくに思い出さなかった。でも、なにか胸がざわざわする。空っぽだったはずの小箱を振ると、小さな音が鳴った時みたいに。

どれぐらい時間が経ったのか、人の気配を感じて振り返る。喪服を着たままの祖父が、本棚にもたれかかるようにして立っていた。

「……先に帰ったんじゃなかったのか」

凄味《すごみ》のある声で尋ねられる。すいません、と思わず謝っていた。

「ここでなにをしているんだ？」

恭一郎の喉が緊張でごくりと動いた。

「あの……お父さんが、どんなところに住んでたのか、見てみたいと思って」

「どんなところに見える」

瞬時に次の質問が飛んでくる。取り繕う余裕もなく、正直に答えるしかなかった。

「……本ばっかり」

しわだらけの唇の端が、ほんのわずかに吊《つ》り上《あ》がった。祖父が笑ったと気付くまで少し時間がかかった。

「この中にはあいつの本もかなり混じっている。まあ、千冊ぐらいはあるだろうな」

千冊。どれぐらいの数か想像もつかないが、多いことだけは分かる。

「千冊の本、お前は欲しいか？」

「いえ……」

答えながら首をかしげる。ひょっとしたら欲しがることを期待されているのかもしれない。けれども、これまで紙の本をほとんど読んでこなかった恭一郎が、大量の本を貰《もら》ったところでどうしたらいいか分からない。判断のしようがなかった。

祖父は納得したようにうなずいた。

「そうか。なら売っちまおう。ちょうど来週、藤沢で催事がある」

恭一郎は耳を疑った。売る？　亡くなった人のものを、そんな思いつきみたいに金に換えていいのか？　法律とか大丈夫なのか？

実は父親の本を相続する権利があるのは自分なのだが、この時の恭一郎にはまったく思い至らなかった。

「取っておいた方が、いいんじゃないですか……おじいさんが読むとか」

「俺はいらん」

祖父はきっぱりと首を振った。

「あいつとは読書の趣味も違う。一冊や二冊ならともかく、千冊あっても仕方がない。それに、俺だってもう老い先短い身だ。お前が引き取らなければ、どうせ近いうちに処分される……だったら俺たちの手で次の誰かの手に渡した方がましだろう。そうは思わんか」

迫力のあまりもう少しでうなずいてしまうところだった。次の誰かに本を渡すとなにが「まし」なのか、話の根本がうまく理解できない。仕事で古い本を扱っている人たちは、みんなこういう考え方をするのか——ん？　今、この人なんて言った？

「あの、『俺たち』って……？」

「俺とお前だ。うちの番頭も加えると三人だな」

平然と祖父が答える。

「藤沢の催事、よかったらお前も手伝いなさい。もちろんバイト代は支払う」

よかったら、という言葉は添えられていたが、とても断れる雰囲気ではなかった。

状況も祖父の意図もよく分からないまま、バイトの話を引き受けてしまった。

とにかく、バイト代はもらえる。その後、祖父が提示した金額は意外に多かった。お年玉と合わせれば新しいスマホが買えそうだ。金があって悪いことはなにもない。

藤沢古本市はデパートの五階にあるイベントスペースで開催されている。虚貝堂も含めて四つの古書店が合同で本を売るという。

エスカレーターを上がったところにも、矢印の描かれた案内看板が置かれていた。「防犯カメラ作動中・大型の手荷物はお預かりする場合があります」という注意書きも添えられていた。オリーブ色のニットを着た男性が、こちらに背を向けて看板の土台に重りを載せていた。恭一郎たちに気付いたのか、振り向いて立ち上がった。

（でかい）

というのが第一印象だった。背が高いだけではなく、肩や腕にもしっかり筋肉がついている。店員らしく無地のエプロンをかけているが、体格は自衛隊員や機動隊員でもおかしくない。薄目のような一重まぶたが印象的で、逆にそれ以外特徴のない顔立ちだ。年齢は分かりにくく、三十代にも四十代にも見えた。

「五浦《ごうら》、客の入りはどうだ」

と、祖父が尋ねる。どうやら親しい関係らしい。五浦と呼ばれた男性の視線が、恭一郎の顔を軽く撫でた。

「初日にしては客足が鈍いですね。天気はいいですから、午後に期待ってところでしょうか」

外見は迫力があるわりに、優しく落ち着いた声だった。

「今、レジに入ってるのはビブリア古書堂の者か？」

「ええ、うちの店ですよ」

ビブリア古書堂。それがこの人の店らしい。

「……栞子ちゃんか？」

探りを入れるような硬い声で尋ねる。杖を握る手にはっきりと力がこもっていた。

五浦は首を振る。

「妻は今日来ません。急な仕事が入って」

「そうか」

安心したように祖父は息をつく。その「栞子ちゃん」がいるとまずいことでもあるみたいだった。一体どういう人なんだろう。

「杉尾さん、康明さんの本の件ですけど」

五浦の言葉に恭一郎は顔を上げた。この人は例の本のことを知っている。それに父とも顔見知りだったようだ。

「相続したわけでもないのに、亡くなった方の蔵書を売るのはまずいですよ……いったん売り場から下げたらどうですか」

「相続した人間が売っていいって言っている……なあ、恭一郎」

突然、話を振られてぎょっとする。五浦の細い目が再び恭一郎に向く。

「……君は康明さんの息子さんか」

「そうだ。この子も催事を手伝うことになってる。相続人が売るんだから問題ないだろう」

答えたのは祖父の方だった。ふと、恭一郎は思った――こんな風に問い詰められた場合に備えて、祖父は自分を巻きこんだのかもしれない。

「その場合でも法的な手続きは要りますよ」

「かもしれん。だが、売り場から下げるのはどの道無理だな。康明は自分の蔵書を店の倉庫に置いていた。どれが店の在庫でどれがあいつの私物か、今となっては誰にも区別がつかん」

そんな話は初耳だ。本当に区別がつかないなら、四十九日の日に恭一郎が本を欲しいかをわざわざ確かめたのはおかしい。ただの言い逃れなんじゃないか？

「恭一郎くん」

五浦がよく響く声で言う。思わず背筋が伸びた。

「は、はい」

「今日、おじいさんの仕事を手伝うこと、お母さんは知ってるの？」

恭一郎は答えに詰まった。実は祖父から口止めされている。言うと面倒なことになるからな——言わなくても面倒なことになる気はしたが、バイト代をふいにしたくなかった。母には友だちの家へ遊びに行くと言ってある。

「会場のレジへ行って、仕事を教えてもらいなさい。俺はこの人と少し話がある」

祖父が助け船を出してくれる。急いで立ち去ろうとすると「あ、ちょっと」と五浦に呼び止められた。

「もしうちの店員が口笛を吹いてたら、大きな声で呼びかけてくれ」

苦笑いを浮かべて言う。恭一郎は首をひねる。口笛を吹く店員ってなんだ？　からかわれているのかもしれない。

考えるのをやめて、恭一郎は会場へ急いだ。

イベントスペースへの扉は開いた状態で固定されていた。

入ってみると中は思ったよりも広い。左右の壁際に書架がずらりと並べられ、中心や奥の壁際に置かれた大きな台にも古い本が積み上がっている。客足は鈍いという話だったが、十人以上の客が書架の前に立って、じっくりと背表紙を眺めていた。ほとんどが中高年で、会計前らしい本の山を抱えている人も目に付く。

会場は静かだったが、欲しい本を捜す人たちの熱気に満ちている。恭一郎が初めて見る世界だった。どこかにレジがあるはずだ。あたりを見回そうとした時、

「すー、すすー、すー」

背中から変にかすれた声が聞こえてきた。いや、声というよりは息づかいみたいな。変にリズムがある。振り向くとレジの置かれた低いカウンターがある。中のスペースは意外に広く、壁際には作業用の机と荷物置き場らしいスチールラックが並んでいた。ラックを背にして、一人の少女が椅子に座っている。

恭一郎は息を呑んだ。ハーフアップにしたロングヘア。すっと通った鼻筋に黒いフレームの眼鏡がかかっている。長いまつげに縁取られた二つの瞳は自分の膝に向いていた。

青いロングスカートの上で彼女は本を開いている。裾にレースのついた白いインナーに赤いパーカーを羽織っていた。

例のかすれた声は、子供のように尖《とが》らせた唇から洩《も》れていた。

(これ、口笛か)

本人はそのつもりらしい。間違いなくこの人がビブリア古書堂の店員だ。よく見ると恭一郎よりは少し年上かもしれない。通りすぎてからはっと振り返ってしまうような、後から印象に残る顔立ちだった。

「すいません」

勇気を振り絞って話しかける。反応はなかった。無視したわけではなく、読書に夢中になっている。もう一度声をかけても同じだった。大きな声で呼びかけてくれ、と五浦は言っていたが、この静かな会場では迷惑かもしれない。

仕方なくカウンターの向こうに身を乗り出して、彼女が開いている本の角を指先で軽く揺すった。

「すー、すすっ、はっ、はいっ! 申し訳ありません!」

本を閉じてあたふたと立ち上がる。緑色の表紙が目に飛びこんでくる。『人間臨終図巻 Ⅲ』。著者は山田風太郎。

「いらっしゃいませ。なにかご用でしょうか」

一つ咳払《せきばら》いをしてから、少女は澄ました顔で言った。ただ、細い首筋にだらだら汗をかいている。動揺を隠しきれていない。

「あ、客じゃなくて……バイトです。虚貝堂の」

店の名前を出した途端、彼女は恭一郎の顔を覗きこむ。なにを考えているのか、ふと納得したようにうなずいた。

「そうなんですね。わたし、ビブリア古書堂の篠川です。篠川扉子」

「樋口恭一郎……です」

なぜかフルネームを教えられたので、恭一郎も同じように名乗ってしまった。扉子。少し変わった名前だけど、この人には似合っている。そういえば、ついさっき似たような四文字の名前を聞いた気がする。

「ひょっとして、樋口くんは虚貝堂さん……杉尾さんのお孫さんですか」

篠川扉子は首をかしげて尋ねる。

「あ、はい」

「臨時のバイトなんですか？」

「あ、はい。祖父に頼まれて、このイベントの間だけ……入学式まで、暇だったし」

いちいち返事の最初に「あ」がつくのは緊張しているからだ。妹以外の女子とこんなに長く会話することなんて滅多にない。なぜ名字を聞いただけで虚貝堂の孫だと分かったのか、この時は深く考えなかった。

「どこの高校に通うんです?」

「あ、稲村高校《いなむらこうこう》です」

県立稲村高校は名前の通り、鎌倉市の稲村ヶ崎の近くにある。校名を聞いた途端、扉子は眼鏡の奥でかっと目を見開いた。

「わたし、稲村高校に通ってますよ! 凄《すご》い偶然!」

話を聞いてみると、彼女は今月から二年生らしい。つまり一つ年上だ。恭一郎は相づちを打つのがやっとだった。そのつもりがなくても胸が高鳴る。入学式の前から女子の先輩と知り合いになれた。この偶然をきっかけに夢のような高校生活が始まる予感——はさすがにしなかった。

まあ、偶然なのは間違いない。けれども鎌倉の高校に通う在学生同士が、同じ学区内で顔を合わせても別に不思議はない。そもそも「夢のような高校生活」って一体なんだ。イメージがふわふわしすぎていて、具体的にどういうものなのかまったく見当がつかない。それこそ夢だった。

「稲村高校ってどんなところですか……その、先輩から見て」

頭を冷やして質問する。世間話のつもりだったが、彼女は片手で口を押さえて顔を背けた。笑みを隠しているように見える。

「あの、先輩？」

　恭一郎は不安になってきた。

「俺、なんか変なこと言いました？」

「……せんぱい」

　言葉を噛《か》みしめるように、扉子は口の中で繰り返した。

「って呼ばれるの、生まれて初めてなんです。照れますね、なんか。へへへ」

　くぐもった声で笑う。日本中どこの学校でも使われている呼び方だと思うが。

「中学では呼ばれなかったんですか？」

「呼んでくれる人がいなかったんです。帰宅部だったし……その、後輩と接する機会もなくて」

　部活に入っていなくても、委員会や学校行事で下の学年と話すことは普通あるはずだ。もしそれもないとしたら、この先輩はちょっと普通とは違う学校生活を送っていたことになる。

「……やめた方がいいですか、その呼び方」

「いえいえいえ、ウェルカムです！　むしろもう一回呼んで下さい。さあどうぞ！」

声に集中するようにぎゅっと目を閉じる。顔は可愛《かわい》いけど中身はかなり変わった人だ。そこまで期待されるとかえって言いにくい。

「し、篠川、先輩」

「はいっ、なんですか？　樋口くん？」

「えっ？」

呼べと言うから呼んだだけで、別に用事なんてない——いやあった。なにをしにここへ来たのか、恭一郎はやっと思い出した。

「あの、レジの打ち方、教えて下さい」


レジの機械は会場となるデパートが用意したものだった。客から受け取った金額を手動で打ちこむ古いタイプで、複雑な機能はついていない。操作はそれほど難しくなさそうだ。現金以外で決済するための端末は別に用意されていたが、そちらは機会を見て教えると言われた。

その後、レジ打ち以外の仕事やカウンターの中にある備品についても簡単な説明を受けた。とにかく、絶対に守らなければならないルールが一つあるという。

「これです」

扉子はきりっとした表情で、一枚の小さな白い紙を目の高さまで掲げる。手のひらに隠れるぐらいの長方形で、上端の方が一センチほど折られている。真ん中あたりに手書きの文字と数字が記されていた。

『人間臨終図巻　Ⅰ〜Ⅲ』セット　一〇〇〇円

本の題名と金額だろう。どちらも横書きで、金額は題名の下にある。さらに下の方に「虚貝堂」という店名が印刷されている。

「今日、ここで売られているどの古書にも、こういう値札が挟まっています。売る時には必ずこれを抜き取って……」

レジのボタンを押してドロワーを開け、硬貨が種類別に収まっている細長いトレーを持ち上げる。そこの部分が取り外せることを生まれて初めて知った。

「このコイントレーの下に値札を入れていきます。それが大事なルールです」

確かにトレーの下にあるスペースに、書名と金額の書かれた値札がびっしり詰まっている。値札は虚貝堂だけではなく、他の店のものも沢山入っている。ビブリア古書堂の名前もあった。あとは「ドドンパ書房」や「滝野《たきの》ブックス」——店によって値札の大きさやレイアウトは微妙に違う。こういう形、というはっきりした決まりがあるわけではないようだ。

「なんで値札を入れるのが大事なんですか？」

いちいち値札を抜き取るのは面倒だし、そのまま客に渡してもいい気がする。

「はい、それはですね」

よくぞ訊《き》いてくれたというように、扉子はぴんと人差し指を立てた。

「レジに記録されているのは大まかな品目と金額だけだからです。どの店の古書が売れたのか、値札を突き合わせて確認しないと分かりません」

「あ……そうか。レジは一台だけなんだ」

この会場では四つの古書店が合同で古書を並べている。売り場もレジも店ごとに独立しているわけではない。現金の売り上げは全部このレジに収まっている。

「そう。閉店後にレジを精算する時、お店ごとに売り上げを計算して、それぞれに分配します。その計算のために値札は絶対に保管しておく必要があるんです」

「なるほど……」

恭一郎は納得した。それにしても、この先輩は古書店の仕事のことをよく知っている。自分とほとんど年も変わらないはずなのに。

「篠川先輩は、いつから古本屋でバイトしてるんですか」

　扉子はぱちぱちとまばたきをする。長い睫毛《まつげ》が跳ねるように動いた。

「まだ言ってませんでしたっけ。わたし、ビブリア古書堂の娘なんです。今日は父の手伝いで来ていて……父を見かけませんでした？　さっきまでエスカレーターのそばにいたんだけど」

　恭一郎は体格のいい男性を思い出す。確か五浦という名前だった。父親というわりにはこの先輩と全然似ていない。

「……お父さんと、名字が違うんですね」

　しまった、と口に出してから思った。複雑な家庭の事情があるのかもしれない――例えば母親が再婚して、今の父親とは血が繋がっていないとか。

「普段、父は旧姓を使ってるんです。戸籍では母やわたしと同じ篠川ですよ」

　あっさり扉子は答える。安心するのと同時に恥ずかしくなった。自分と似た境遇を勝手に想像してしまっていた。この先輩との間に「凄い偶然」を期待する気持ちが、心のどこかにあったらしい。

「これ、下さい」

　ベージュのコートを着た中年の女性がカウンターに分厚い本を置いた。背表紙に印刷されている書名は『角川類語新辞典』。透明なビニール袋に入れられて、丁寧に梱《こん》包《ぽう》されている。

やってみて下さい、と隣の扉子に目で促されて、教えられた通りに袋の口を開けた。表紙の右上でぴたっと止まっている値札を抜いてみる。一センチほどの上端の余白をページの天に挟みこんで、袋の中で動かないようにしていた。そのために上端を折っていたらしい。

虚貝堂の値札で八〇〇円。金額と店名の間には「函《はこ》無し・紙カバー無し」と記されていた。本の状態を書くスペースらしかった。

金額と品目をレジに打ちこむ時はあたふたしたものの、無事品物とお釣りを渡すことができた。もちろん、現金と値札をレジに収めるのも忘れなかった。

「とても上手ですよ。初めてとは思えないぐらい」

耳元で囁《ささや》かれる。生温かい息に首筋まで震えが広がった。深く考えずに距離を詰めるのはやめて欲しい。誤解してしまいそうだ。

その後、数人の客が続けてレジに来たが、扉子の助けを借りてどうにか乗り切った。レジ打ちにも多少慣れて、会場を見回す余裕も出てきた。本を見ている人の数はさっきより少なくなっている。

　突然、スキンヘッドにサングラスの大柄な男性が会場に入ってきた。背中に龍の刺《し》繍《しゅう》が入った派手なスカジャンを羽織っている。本の積まれた台車を押しているので、古書店員だとかろうじて分かった。レジの前を通りすぎる時に軽く会釈して、壁際の棚に運んできた本を補充し始める。

　知り合いではないはずなのに、どこかで会っている気がする。

「あそこにいる店員さん……」

　どこの店の人ですか、と隣の扉子に尋ねようとして、ふと彼女がカウンターの前に座って作業していることに気付いた。小さな紙にボールペンで書き込もうとしている。

　さっき見せてくれた『人間臨終図巻　Ⅰ〜Ⅲ』という虚貝堂の値札だ。そういえば、レジ打ちの手順を説明しただけでレジには入れていなかった。売れていないのだから当たり前だ。彼女が読んでいた緑色の『人間臨終図巻　Ⅲ』は値札の横に置いてある。その上に『Ⅰ』と『Ⅱ』も重ねられていた。表紙の色はそれぞれ赤と青。三色でかなり目立つ。

「なにをやってるんですか？」

「値札を書くお手伝いです。さっき虚貝堂さんに頼まれたんですけど、やりかけだったのを思い出して」

目を伏せたまま扉子が答える。値段と店名の間に小さな字で「背小ヤケ・蔵書票有り」と書き込んでいる。

「値札を書き忘れていた古書が何冊かあったみたいで。そういうものはこの売り場に出せないでしょう？」

三冊まとめて透明なビニール袋に入れる。本が中で動かないようセロハンテープでぴっちり留めて、しわ一つない包みを作っていく。封をする前に表紙とビニールの間に例の値札を差しこんだ。

扉子は名残惜しそうに『人間臨終図巻』の表紙を撫でている。そういえば恭一郎が会場へ来た時、彼女はこの本を読み耽っていた。一体どんな内容なのか、恭一郎には想像もつかなかった。

「その本、面白いんですか」

「面白いですよ！　すっごく！」

食い気味に力強い答えが返ってきた。

「有名人の臨終がどんな様子だったのか、亡くなった年齢順にまとめた本なんです。『Ⅰ』は十代の有名人から始まって、『Ⅲ』の最後は百歳以上生きた人たちで終わります。一九八六年に初版が出てから何度も版を変えて刊行されていて……これは一九九六年に再版されたソフトカバーですね」

突然始まった怒濤《どとう》の解説に面食らった。かろうじて本の内容は理解できたが、本の装丁やら年代についての説明はほとんど頭に入らない。

「歴史上誰がどういう業績を残したのか、ということは教科書にも出てきたりしますけど、その人がどんな風に亡くなったのかは意外と分からない人も多いでしょう？　例えばアイザック・ニュートンとか、フローレンス・ナイチンゲールとか、ウィリアム・シェイクスピアとか、晩年がぱっと思いつかない歴史上の偉人っていると思いませんか？」

「あ……はい」

言われてみるとそうだ。戦国武将が戦場で討ち取られるとか、亡くなる時にも歴史上のイベントが絡んでいるならともかく、普通に病気や事故で命を落としていればあまり注目はされないだろう。

「そういう臨終の様子がこの本で分かるんです。全部で九百人以上！」

鼻先に三冊セットが突き付けられる。それだけの人数について書かれているなら、若くして亡くなった人たちが大勢いるはずだ。父と同じ四十七歳で命を落とした有名人も当然いるだろう。彼らの臨終を知ったからといってなんなのか、正直なところよく分からない。

それでも、恭一郎は興味をそそられ始めていた。

「この本を書いた人って、有名ですよね……？」

「はい。山田風太郎は娯楽小説の大家です」

初歩的すぎる質問にも、扉子は笑顔で答えた。どこかで見たような名前なので、有名だということは察しがついていた。

「作品の中でも一番読まれているのは、伝奇小説……特に忍者を題材とした忍法帖《にんぽうちょう》シリーズでしょうか。他にも様々なジャンルを書いていました。デビュー作は推理小説で、ミステリー作家としての顔も持っています。明治時代を舞台にした時代小説も評価が高いですね。『人間臨終図巻』は異色の内容ですけど、何十年も長く読み続けられています。山田風太郎と交流のあった小説家、例えば江戸川乱歩や横溝正史の臨終については、彼自身の証言が載っているのも興味深いところで……」

恭一郎は『人間臨終図巻』のセットを眺めていた。価格は千円。このまま売り場に出れば、すぐに買われてしまう気がする。

ふと、扉子の説明が途切れていることに気付いた。彼女はカウンターに両手を突いて肩を落とし、ふう、とため息をついていた。一体なにがあったのか、いきなりテンションが下がっている。

「え？　あの、どうしました？」

「ごめんなさい……」

と、彼女は頭を下げた。声まで暗い。

「樋口くん、別に本が好きなわけじゃないのに、一方的に喋《しゃべ》りまくって……気持ち悪かったですよね。こう見えても自覚はあるんです」

恭一郎は戸惑った。本当に突然どうした？

「いや、そんな……」

「あ、こういう言い方自体がずるいですね。仮にも高校の先輩に『そうですね、正直キモいです』とはなかなか言えませんし……わたし、同世代との距離の取り方が下手なんです。子供の頃から本ばっかり読んでいて、日常会話以外では本の話しかできない……学校でも色々あって……もちろん本のせいにするつもりはないですよ？　とにかく今は、きちんと他者と意思の疎通をはかり、社会に関わることができるよう、改めて努力し始めたところなんです！」

意気込みを示すように、えいっと高く拳を挙げた。表情も感情も本当にくるくる変わる。鼻から変な笑いが洩れそうになって、恭一郎は慌てて唇を嚙んだ。まじめに話している相手に失礼だ。これまで後輩がいなかった話といい、きっと学校生活でトラブルがあったのだろう。

深い事情を訊けるほどこの先輩と親しくないし、親しくなりたいかどうかもまだ分からないが、今はとにかく欲しいものがあった。

恭一郎は『人間臨終図巻』のセットを手に取った。

「……これ、俺が買っていいですか」

返事を待たずに財布を出す。扉子は戸惑った様子で、なにも言わずにレジを打ってくれた。

「自分の金で紙の本を買うの、これが初めてなんです。電子書籍はたまに買ってますけど……マンガとか、ラノベとか」

本好きを公言する人に言うのは恥ずかしかったが、彼女は真剣に耳を傾けている。おかげで続きを口にすることができた。

「先輩の本の話が、面白かったんで……あんな風に本の話をしてくれる人、俺の周りにはいなくて」

一瞬、扉子の口元がへらっと緩んだ。嬉《うれ》しかったらしい。やっぱり可愛くはある。

それからすぐに真顔に戻った。

「ご家族に読書を勧められることも、今までなかったんですか」

「そういえば、ほとんどないですね……子供に本を読んで欲しいとか、そういうことを考えてなかったのかも……」

　生前の父が住んでいた離れの光景が頭をよぎった。どこを向いても本の背表紙だらけだったあの一階。あれだけ読んでいたら、他人にもっと読書を勧めたがるものではないだろうか。ひょっとして、恭一郎が本に興味を示さなかったから、強く勧めなかった――自分のせいだったのかもしれない。

　恭一郎には趣味らしい趣味がない。好きなものを集めたり、長い時間なにかに熱中することがなかった。話題になっている動画やアニメやゲームをさらっとチェックするぐらいでも、それなりに楽しいし満足していた。

　ただ、最近は自分にはないものを持つ他人が気になっている――特に本の好きな人たちが。入院した父を何度も見舞いに行ったせいかもしれない。病室にまで本を積み上げるような人が、なにを考えてどんな風に暮らしているものなのか。

　何十年も前の本について、熱い語りが止まらないこの先輩から話を聞けば、なにか分かることがある気がする。

「先輩はお父さんやお母さんと、本のことを話します？」

恭一郎は扉子に尋ねる。

「父とはあまり話さないですけど、母とはよく話しますね……でも、ついていけないことが多いんです。母の方が圧倒的に読書量が上なので。普通じゃないんですよ、あの人は」

彼女は遠い目をする。あまり普通には見えないこの先輩にそう言われるなんて、どれだけの本を読む人なんだろう。

「……でも、そんな母も祖母には敵《かな》わないんです。祖母は本当にあり得ないほど知識を持っていて……すごい、というか……怖いです」

その声には怯《おび》えめいたものが滲《にじ》んでいた。怖いほど本を読んでいる人。完全に恭一郎の想像を超えている。

突然、視界の外からぬっとスキンヘッドとサングラスの男が現れた。

「値札入れ終わりました？」

似合わない敬語で扉子に尋ねる。さっき会場に入ってきたどこかの店員だ。若い人だと思っていたが、こうして間近で見ると年齢はわりと上らしい。たぶん三十代の後半ぐらいだ。

「ちょうど終わりました」

扉子は本の山を男の方に押しやる。そういえば、彼女はさっき値札を書く手伝いをしていた。頼まれた本のうち『人間臨終図巻』のセットは恭一郎が買ってしまったけれど。

「おお、ありがとうございます」

年下の扉子にきちんと礼を言う。見た目と違って律儀な性格らしい。男は手慣れたしぐさでそれぞれの本に値札がついているかを確認し、それから恭一郎の方を向いた。

「恭一郎さん、社長がどこにいるか知ってます？」

急に名前を呼ばれて戸惑っていると、扉子がひそひそ声で話しかけてきた。

「この方は虚貝堂さんの店員さんですよ。長く働いていらっしゃる方です」

虚貝堂さんに頼まれた、という扉子の言葉を思い出す。そういえば祖父も「うちの番頭」も加えて三人で本を売ると言っていた。きっとこの人のことだ。恭一郎は慌てて頭を下げる。

「……初めまして」

「いや、康明さんのお葬式や四十九日で会ってますよ……そうか。こいつのせいだな。失礼しました」

そう言ってサングラスを外す。意外につぶらな瞳が現れる。あ、と恭一郎は声を上げた。斎場や祖父の家で皆に茶を運んだり洗い物をしたり、黙々と雑用をこなしていた人だった。火葬場で大泣きしていたのが印象に残っていた。今の服装が喪服とはかけ離れているせいで、別人に見えてしまっていた。

「す、すいません」

恭一郎は謝った。

「いやいや、俺も自己紹介しませんでしたから……俺は亀井《かめい》です。それで、社長は一緒に来なかったんですか？　車に薬を忘れてったから、渡さないといけないんだけど」

社長というのは祖父のことらしい。薬、という言葉が耳に残った。

「どこか、体が悪いんですか？」

「んー……まあ、年が年ですからね、社長も」

亀井はそう言って眉の上をかいた。

「今はずいぶん痩せちまったけど、ああ見えて昔は恰幅《かっぷく》がよくって、めちゃくちゃ元気だったんですよ。腹なんかこんなに出てて、性格ももっと明るくて……」

ウエストの前で両手を浮かせながら言う。

「五年ぐらい前から内臓をあっちこっち悪くして、何回か大きい手術もして……そろそろそろ社長は引退して康明さんが店を継ぐか、なんて話してた矢先に、康明さんの方があんなことになっちまった……」

故人を思い出したのか、言葉を詰まらせた。恭一郎はかろうじて杖に頼って歩く祖父の姿を思い返す。もう元気に仕事をする状態には見えない。肝心の後継者が癌に倒れて、引退どころではなくなってしまったのだろう。

「でも、そろそろ店を畳んで引退するつもりだと思うんですよ。春の催事が最後の仕事かもな、なんて言ってましたしね。俺としては残念ですけど。この古本市はうちが毎年参加している大事な催事ですから、たぶんそれで一区切りのつもりで……おっと、それで社長どこにいます？」

若い恭一郎たちを相手に喋りすぎたと思ったのか、亀井は無理やり話題を変えた。

「……外にいると思います。ビブリア古書堂の五浦さんと話があるみたいで」

「なるほど、ありがとうございます……それじゃ、恭一郎さん。ここにある値札が入った古書、あそこの棚に差しといてもらえますか？　場所は空けてあるんで」

会場の隅の方を指差して、てきぱきと指示をする。それから、足早に会場の外へ出て行った。

言われたとおりに書架に本を並べながら、恭一郎は祖父のことを考えていた。今回の催事が祖父の最後の仕事――亀井の話が頭の中で尾を引いていた。ここで強引に父の蔵書を売ろうとしていることと、なにか関係がある気がする。

「すいません、見てもいいですか」

品出しを終えても書架の前にいた恭一郎に、背後から客が声をかけてきた。

「あ、すいません」

慌てて場所を空け――相手をまじまじと見つめる。鮮やかな黄色いセーターに丸っこい体付き。今日、祖父に会う直前、藤沢駅でぶつかった中年の男性だった。あの時急いでいたのは、この会場へ来るためだったのかもしれない。この人も古い本に熱中できるマニアの一人なのだ。

男性の方は恭一郎を憶えていない様子だった。書架の前に立った彼は、新しく並べられた本をざっと眺めてから、その脇の台に置かれた段ボール箱に目を移した。薄い本のようなものがびっしり詰まっている。

彼はそのうちの一冊を手に取る。ウェディングドレスの花嫁を抱えた、青いジャケットを着たアニメのキャラクターが表紙に描かれている。その下に「ルパン三世　カリオストロの城」のタイトル。映画館で売られていた古いパンフレットだろう。

古書店では映画パンフレットも扱うらしい。今まで知らなかった。扉子に訊けば詳しく教えてくれるかもしれない。レジに戻った恭一郎は、カウンター越しに話しかけようとする。

「あの、せんぱ……いっ？」

喉から変な声が洩れた。さっきまで扉子が座っていた椅子に、いつのまにか枯れ葉色のスーツを着た祖父が仏頂面で腰を下ろしていた。

「ビブリア古書堂の娘なら、五浦と一緒に昼飯に行ったぞ」

見透かしたように素っ気なく告げる。恭一郎は無言でカウンターの中に入った。確かにもう十一時を過ぎている。交替で昼の休憩を取ることになっているのだろう。デパートが開店した後に来た恭一郎と違って、他の人たちはもっと早い時間から働いている。

昼食の時間が近いせいか、会場の客はまばらになってきていた。レジに立っている恭一郎を、椅子に座った祖父が至近距離から凝視している。背中に冷や汗を感じた。この状態で長い沈黙に耐えられそうもない。

「あの……」

恭一郎は声を絞り出す。祖父の眉がぴくりと不機嫌そうに震えた。それだけで心が挫《くじ》けそうだったが、話しかけておいて途中でやめるわけにもいかない。

「この催事が、最後の仕事って本当ですか」

「なんの話だ」

恭一郎はつっかえながらも、亀井から聞いた話をそのまま伝える。祖父の額のしわがみるみるうちに深くなった。

「まったく亀井の奴、べらべらと余計なことを」

と、舌打ちする。

「春の催事が最後の仕事かもしれん、とは確かに言ったが、こんな風に外に出る仕事が最後って意味だ。第一、この催事が最後とも言っとらん。うちは今月から来月にかけて、他にもいくつか催事に出る予定だ。その仕事は責任を持ってやる」

「え、じゃあ……お店を閉めるっていうのは……」

「亀井の勘違いだ。店を畳むつもりはない。亀井が嫌じゃなければ、あいつに経営を任せようと思っている。仕事のミスはあるが、人柄は信頼できる……もう二十年もうちで働いてくれている男だからな」

部下を語る声は珍しく優しかった。祖父と亀井、それに父を加えた三人の間には、強い信頼関係があるようだ。

　虚貝堂がなくならないと聞いて、恭一郎はなぜかほっとしていた。これまでは父や祖父とほとんど関わりがなかったのに——不思議な感覚だった。

「まあ、うちがこの催事を大事にしているのは確かだ……俺もそうだが、俺よりも康明がこの古本市に思い入れを持っていた。毎回、欠かさず参加していたのはそのせいもある」

　初めて聞く話だった。

「どうして、大事にしてるんですか」

「藤沢古本市は俺が若かった頃から続いている。安い雑本目当ての客だけではなく、昔から愛書家が集まることで知られていてな。めぼしい出物の目録を作って客に配っている即売会なんて、湘南《しょうなん》ではもうここぐらいだ。いい意味でも悪い意味でも一筋縄ではいかない客が多い。康明が最初に参加したのもこの催事だった……四十年以上前だがな」

「へえ……」

　そうなんだ、四十年以上——感心していた恭一郎は、ふと妙なことに気付いた。四十年以上前？　父の康明は四十代で亡くなっている。

「お父さん、何歳だったんですか」

祖父は記憶を辿《たど》るように、髪の毛がほとんどない頭を撫でた。

「確か四歳、いや五歳……どっちだったか……最近、記憶が曖昧でよくない」

どっちでも大して変わらない。とにかく小学校に上がる前だ。

「そんな小さい子に仕事を手伝わせるとか……」

「いや、違う。馬鹿言っちゃいかん。康明の母親……お前から見れば祖母だが、俺の女房がたまたま体調を崩していて、面倒を見られる人間もいなかった。仕方なくここへ連れてきただけだ」

慌てたように弁解する。恭一郎はほっとした。

「あの子は大人しいもんだった。カウンターの中の椅子にちょこんと腰かけて、大人が接客してる横で騒ぎもせずにじっとしてたよ。たまたまうちの売り物の中にあった塗り絵でひまをつぶしたり……あの頃の催事は本当に客が多くてな。面倒を見てやる余裕なんてなかった」

「……こういうところで、塗り絵も売ったりするんですか」

何気なく疑問を口にした。映画パンフレットを売っていることにも驚いたが、そんなものまで扱っているとは。

「まあ、古い児童書を扱うこともあるからな。古書価のつくものだったら、扱っていてもおかしくは……いや、おかしいぞ」

急に祖父は腕を組んで考えこんだ。

「あの時、うちの在庫にそんなもんあったか……？　でも、確かに品出しする前の山から、康明の奴が引っ張り出してきて……なんだったんだ、あれは？　くそ、喉まで出かかっているんだが」

じれったそうに声を上げる。恭一郎には分かりっこない。祖父は静止して記憶の糸を辿っていたが、やがて諦めたように息を吐いた。

「それはどうでもいい。とにかく康明にとって、この古本市は思い出の場所だったんだろう。よほどのことがない限りは、毎年ここで古書を売っていた……今のお前みたいにレジに立ってな。今年も来たいと病院でも言い続けていた」

二人の間に重い沈黙が降りてくる。そんなことを言っていたなんて知らなかった。今、恭一郎のいる場所に立つことが、父の最後の望みだったのかもしれない。不意に彼の中でなにかが繋がった気がした。

「だから、ここでお父さんの本を売るんですか」

父本人はもう来ることはできないが、蔵書を持ってくることはできる。父はこの古本市に思い入れがあった。客に対してもきっと同じだったはずだ。ここに集まる古書マニアたちに、そんな父の本を買っていってもらう。つまりそれは——。

「……供養、みたいな」

脳内の辞書から、しっくり来る表現を引っ張り出した。祖父は驚いたように軽く目を見開いた。

「なるほど、供養か。それも悪くないな」

そうつぶやいて、恭一郎ににやりと笑いかける。なにか祖父の心に響いたようだが「それも悪くない」というのは、結局は的を外しているということだ。父の本を売る理由は他にあるのだろう。

「ちょっといいですか」

不意に鋭い声が割って入ってきた。カウンターの向こうにベージュのコートを着た中年女性が立っている。どこかで見覚えが、と思った途端、カウンターにこれまた見覚えのある本が投げ出された。『角川類語新辞典』。この会場へ来て、最初に本を売った相手だった。

「あ、はい……なんですか」

「この本、見返しに蔵書票が貼ってあるじゃない。そんなこと値札には書いてなかったのに！」

目尻を吊り上げてまくし立てる。見返し？　蔵書票？　困惑する恭一郎の前で、彼女は本を開いた。裏表紙をめくったところ――そこが見返しらしい――に、切手ぐらいの小さな紙が貼り付けてあった。

「これですよ、蔵書票。確かにあるでしょう？」

紙にはイラストが印刷されている。リアルなタッチではないので分かりにくいが、黒い瓶が三本並んで描かれている。瓶の手前には逆さになった十字架らしいものもあった。なんとなく薄気味悪い。

「デザインも変だし、剝がそうとしても剝がれないし。どうしてくれるんですか」

「え……あの、すいません」

恭一郎はおろおろしていた。変なデザインなのは同感だが、謝る以外にどうしたらいいのか分からない。親と同世代の大人に詰め寄られて頭が真っ白になっていた。

「ああ、レシートをお持ちでしたら、いつでも返品しますよ」

いつのまにか、杖を突いた祖父が隣に立っている。孫と話していた時と違って、ゆったりとした柔らかい口調だ。女性は恭一郎に人差し指を突きつける。

「レシートなんて持ってるわけないでしょう！　この子が渡さなかったんだから！」

「あっ」

そういえばこの人に品物と釣りを渡した時、レシートを添えた記憶がない。扉子には上手だと褒められたが、ミスを犯していたのだ。

「す、すいません……」

もう一度頭を下げようとした時、

「なるほど。それじゃ、こちらにある値札で金額を確認しましょうか」

入れ替わるように祖父がレジの前――女性の正面に立つ。軽く肘を突かれて、恭一郎は一歩レジから離れた。客の視線が恭一郎から外れる。ドロワーを開けた祖父は、コイントレーの下にある値札を一枚ずつ丁寧に確認し始めた。

「これでもない、これでもないと。もう少し待って下さい。まあ、すぐに出てきますよ。値札があれば返金できますから」

祖父がわざと遅いテンポで、それでいて間を置かずに喋り続けていることに恭一郎は気付いた。口を挟むタイミングを与えられず、客は拍子抜けしたように黙っている。うまく相手の怒りをそらして、パニックになった恭一郎を助けてくれたのだ。

「あの、ちょっといいですか」

カウンター越しに別の誰かが声をかけてくる。またなにかあったのか、と身構えた。さっきも見かけた黄色いセーターの男性が申し訳なさそうに立っている。ビニール袋に入った映画パンフレットを一冊抱えていた。

「これ、買いたいんですけれど……」

そう言ってパンフレットの表紙を恭一郎に示した。「ゴジラvsビオランテ」。ゴジラがもっと大きな怪獣に噛みつかれそうになっている。たぶんこれがビオランテなのだろう。子供の頃にゴジラ映画を何本か観《み》ているが、こういう古い作品はよく知らない。左上に挟まっている値札には五〇〇〇円と書かれている。

「なにか、変な書き込みがあって」

言われてみると大きく口を開けたビオランテの上に、太い黒文字のようなものが描かれている。アルファベットの「G」らしい。なんだこれ。落書き？　ゴジラの頭文字とか？

顔を上げると、恭一郎と同じように戸惑っている客と目が合った。

「この文字がビニールの上に書かれているのか、パンフに直接書かれているのか、外から見ただけじゃ分からなくて」

そうか、と恭一郎は思った。これがビニール袋の上に描かれているだけなら、中にあるパンフレットは無事の可能性がある。

「パンフレットが無事だったら買いたいんです。中身を確認したいので、封を開けてもらっていいですか」

と、セロハンテープの貼り付けられた袋の口を差し出してくる。恭一郎は祖父の方にちらっと視線を走らせた。やっと値札を見つけ出して、レジで返金処理をしている。品物の状態を見てもらうだけだから、いちいち許可を取る必要もないだろう。

近くにあった鋏《はさみ》を取って、カウンター越しに袋の上辺を慎重に切り開いた。男性は値札ごと袋からパンフレットを取り出す。それからにっこり笑って表紙を恭一郎に見せた。パンフレットにはなにも書かれていない。「G」の字は空になったビニール袋に残っていた。

「パンフは無事でした！　これ、買います。この映画のパンフは意外と珍しくて……捜してたんですよ」

「そうなんですか」

弾んだ声で語る男性に、恭一郎も思わず相づちを打った。きっとゴジラの映画が好きな人なのだろう。こちらに向いている表紙の値札を見ながらレジを打つ。

祖父は返金処理を終えていたが、まだ例の女性とレジの前で話している。横から手を伸ばしてキーを打った。

「袋は結構です」

男性は布製の買い物袋をポケットから出し、大事そうにパンフレットをしまった。少し小さめの袋だったので、表紙の端が少し見えてしまっていた。

恭一郎はトレーに置かれた現金を受け取ってお釣りを渡す。今度はレシートを忘れなかった。男性はきちんと礼を言ってレジから離れていった。すぐそばにいる刺々《とげとげ》しい態度の女性客とはなにからなにまで違う。

黄色いセーターの背中を見送ると、カウンターの中は静かになっていた。本を返品した女性も立ち去ったらしく、祖父は再び椅子に腰かけていた。力を使い果たしたようにぐったりと背もたれによりかかっている。体調の悪い祖父に無理をさせてしまった。レシートを渡さなかった恭一郎のミスがなければ、あの人もあそこまで怒らなかったはずだ。

「あの、さっきは」

「謝らなくていい」

謝る前に低い声で先回りされた。もう客が来る前の仏頂面に戻っている。

「経費で本を買うような学者や物書きは別として、古書店でレシートを欲しがらない客も多い。求められなければいちいち渡さない店もあるぐらいだ。あんなに騒ぎ立てる方がおかしい」

「でも……」

「そもそも蔵書票のことを値札に書かなかったのはうちの亀井のミスだ。本の状態は余さず値札に書くのがルールだが、あそこまで言うほどの問題とも思えん。こういう商売には変わった客が大勢来る。ささいなことにこだわったり、おかしな騒ぎを起こしたり……さっきも言ったように、一筋縄ではいかない。今はそれだけ憶えておけばいい」

恭一郎は黙ってうなずいた。今はと言われても、恭一郎は三日間だけの短期バイトなのだが、いちいち口には出さなかった。気を遣ってくれたのが分かっていたからだ。彼はカウンターの上で『角川類語新辞典』を開いて、瓶と十字架が印刷された小さな紙を見下ろした。

「蔵書票って、なんですか」

「持ち主が蔵書に貼っておく紙だ」

祖父が即答する。

「中世ヨーロッパで始まったもので、誰の本かを示すしるしというところだな。古いものや美術的な価値のあるものは高値で取り引きされていて、蔵書票専門のコレクターがいるほどだ……日本では蔵書に押すための印鑑、蔵書印の方が歴史は古いが、蔵書票を使うマニアも多い」

つまり、辞典の元の持ち主が貼ったらしい。どんな人だったんだろう。

「……変わったデザイン」

突然すぐそばから声が聞こえた。人の顔が背後からぬっと現れて、恭一郎は息が止まりそうになった。黒いフレームの眼鏡と白い頬が右肩の上にある。顔にかかった黒髪をかき上げながら、扉子は類語辞典を覗きこんでいた。

息遣いが聞こえそうなほど近い。心臓の鼓動が勝手に速くなる。恭一郎はカウンターの中で慌てて距離を取った。この先輩は言葉通りの意味で距離の取り方がおかしい。

「まだ休憩は終わっとらんだろう。昼飯はどうした？」

祖父に質問されても、扉子は蔵書票から目を離さなかった。

「もう食べ終わりました。父は滝野さんとまだ話してますけど、わたしだけ早く戻ってきたんです。ちゃんと売り場の本を見たかったので」

「……そうか」

やや硬い声で祖父は答え、横目で彼女を見上げる。どこか警戒しているような――でも、どうして？

「この蔵書票のイラスト、どこかで見たことがあります」

「本当ですか」

恭一郎が尋ねると、扉子は目を閉じてこめかみを人差し指で押した。

「ええ。小学生の頃、うちでちらっと見かけた本に載ってたんです。あれ、なんだったかな……」

「じゃあ、有名な画家とかが描いたんですか」

プロが描いたにしてはずいぶんラフな感じだが、本に載るぐらいだからきっと有名人が描いたのだろう。

「画集や美術館の図録ではなかったと思いますけど……あれ？」

扉子は覆《おお》い被《かぶ》さるように本の見返しに目を近づけた。

「……ここ、文字があります」

紙片の右隅を指差す。イラストを囲っている白い枠の中に、砂粒のような小さなアルファベットが書かれていた――「Y・S」。誰かのイニシャルのようだ。

「描いた人のイニシャルですかね」

恭一郎は考えこんだ。「S」と「Y」、どちらが姓のイニシャルだとしてもありふれている。佐藤、鈴木、山田、吉田などなど。いくらでも思いつく。

「うーん。これは蔵書票だから、蔵書の持ち主である可能性が高いと思いま……」

　はっと二人は顔を見合わせた。杉尾もイニシャルは「S」だ。

「Y・S……杉尾、康明さん」

　扉子がつぶやいた。この蔵書票は杉尾康明——父が使っていたもので、この類語辞典も父の蔵書なんじゃないのか。恭一郎は思わず祖父の顔を見たが、驚いている様子はまったくない。そういえば、扉子と蔵書票について話している間、ただ黙って聞いているだけだった。

「……知ってたんですか」

　しばらく間を置いて、祖父は表情を変えずにうなずいた。

「この絵柄がどういう由来なのかは俺も知らん。しかし、康明は自分の蔵書のどこかに必ずこの蔵書票を貼り付けていた。あいつの若い頃からの習慣だ」

　話しながら類語辞典を手に取り、レジから出した値札を表紙の端にかぶせる。値札ごとビニール袋に入れて、セロハンテープとはさみできれいに梱包し直していく。返品されたものなので、もう一度売れるわけだ。

「蔵書票を確かめれば、どれが康明さんの本なのか見分けられるんでしょう。区別がつかない、とおっしゃっていたのは、本当じゃなかったんですね？」

（ん？）

扉子の問いかけに、恭一郎は首をかしげた。会場に入る前、確かに祖父は言っていた——どれが店の在庫でどれがあいつの私物か、今となっては誰にも区別がつかん。しかしあの時、聞いていたのは扉子ではなく父親の五浦だったはずだ。

「……その話、どうして先輩が知っているんですか」

「父から聞きました」

それでも違和感は拭えない。五浦はよその家の事情を言いふらすタイプには見えなかった。そういえば、あの人はどこから父の蔵書の話を聞いたんだろう。

「どうしてそこまでして、康明さんの蔵書を売ろうとしているんですか？　そういう遺言があるわけでもないんですよね」

恭一郎は扉子の変化に驚いていた。ベテランの古書店主を追及する姿は、さっきまでとは別人のようだ。ただ本の話が好きな変人の女子高生はどこかへ消えて、頭の切れる大人の女性がそこにいるようだった。

「恭一郎」

孫の戸惑いを察したように、祖父が低くつぶやいた。

「ビブリア古書堂はお前の母親から依頼を受けている。康明の蔵書をこの催事で売るのをやめさせて、お前に相続させるようにな」

「母さんが、依頼？」

恭一郎は耳を疑った。自分の母親が、古本屋にどうしてそんなことを。

「……ビブリア古書堂は古書に関する事件の調査や、トラブルの仲裁なんかを請け負っていてな。警察に行くほどではない、細々とした相談事がほとんどだが……昔はこの娘の祖母が、今は母親が依頼を受けている。俺も何度か調査に協力したことがあった。今回は俺が調査される側になったというわけだ」

なにかの冗談みたいに聞こえるが、扉子も否定しようとはしなかった。

「じゃ、先輩もその……調査で来たんですか」

「調査というほどのことでは……今回は母の使い走りみたいなものです。店主の母が受けた依頼ですから」

そう答えた彼女は、一つ息をついてから恭一郎の祖父に向き直った。

「康明さんの蔵書をこのままお売りになるつもりですか」

「ああ」

会場の方を向いたまま、力強く祖父が答える。

「俺は康明にとって最善と思われることをしたいだけだ。息子を救ってやれなかった……苦しむあいつをただ見守ることしかできなかった、せめてもの代わりにな」

震えている唇の間から、ちらっと銀歯が覗いた。強く歯を食いしばっている。怒ってるんだ、と恭一郎は思った。自分に対して。

「俺もそう長くはないだろう。もしあの世というやつがあるなら、康明と顔を合わせた時、文句ではなく礼を言われたい……それが今、唯一の俺の願いだ」

三人の間に沈黙が流れた。正直、恭一郎には意味がよく分からない。ただ、祖父の中に固い決意があることだけは伝わった。

「だから、康明さんの蔵書を売るんですね」

扉子は落ち着き払って言った。彼女には一応理解できているらしい。

「まあ、そうだな。今話せるのはそれぐらいだ」

祖父は杖を立てると、ゆるゆると慎重に腰を上げた。

「すまんが少し席を外す……裏で薬を飲んでくる」

そう言い残して、重い足取りで古本市の会場を出ていった。

正午が近づいて、会場の客はさらにまばらになっている。祖父の姿が見えなくなると、扉子が脱力したように椅子に座った。

「はー」

床に穴が空きそうな深いため息をつく。背中を丸めてスカートの膝に肘をついた。

「もう限界……杉尾さん、怖い……怖すぎる」

ぶつぶつ独り言を口にしている。今までの自信に満ちた態度とはまったく違う。急にその前までの彼女が戻ってきた気がした。よほど疲れたのか、両手で顔まで覆っている。

「なに言ってたのか全然分からない……なんで息子さんの本を……『最善と思われることをしたい』ってなに……？」

あ、分かってなかったんだ。恭一郎は少しほっとした。自分だけ頭が悪いような気がしていた。

「……そんなに怖かったんですか」

扉子は両手をほどいて、赤くなった顔を上げた。独り言を聞かれて気恥ずかしかったらしい。

「誰かを問い詰める時の母を真似《まね》したんですけど……五分が限界。それ以上は無理です。母はスイッチ入ると本当に性格変わるんですよ……」

この先輩の母親が普段どんな性格か知らないが、あんな風に問い詰められたら嫌だ。あまり関わりたくなかった。

「五分間キャラ変えられるだけでも、凄いと思いますけど」

扉子は不器用にはにかんだ。褒められることに慣れていないらしい。恭一郎は恭一郎で、女の子のそういう顔を見るのに慣れていない。つい目を逸《そ》らして、意味もなく『角川類語新辞典』の向きを変えた。

「詳しい事情を話さなくてごめんなさい」

扉子は立ち上がり、改まって頭を下げてきた。

「今回のこと、わたしにも分からないことが多いんですけど、はっきりしてることが一つだけあって……樋口くん」

「あ、はい」

「鍵を持ってるのは樋口くんです」

恭一郎はぽかんと口を開けた。話がうまく呑みこめない。

「樋口くんがどうしたいか、どう行動するかで、すべてが決まります。樋口くんを中心に回っているんです。このまま催事でお父さんの本を売るか、杉尾さんを止めて本を自分のものにするか……決める権利を持っているのは、樋口君だけ」

「……俺だけ」

意味もなく復唱してしまった。試合に出場したつもりもないのに、突然ボールをパスされた気分だった。

「急にそんなこと言われても……よく分からないです」

分からない。今日一日だけで何度そう思ったことだろう。本当のことだから仕方がなかった。

「……父さんが、どうしたかったのかも分からないし」

故人の希望が分からないからこうなっている。千冊の蔵書をどう始末すればいいのか、恭一郎が見舞いに行った時も特に語っていなかった。

「だったら、それを知るしかないんじゃないですか」

扉子が当然のように言う。

「でも、どうやって……」

「本が好きな人の考えは、その人の好きな本、大事にしている本から分かるものです」

自信ありげに人差し指を立てた。そんな話は生まれて初めて聞く。本好き特有の勘みたいなもので、特に根拠はなさそうだ。でも、不思議としっくりくる言葉だった。父の考えを知る手がかりは、父の本の中にしかない気がする。

「杉尾さん、遅いですね」

扉子は会場の出入口を窺った。そういえば、裏で薬を飲んでくる、と言って席を外したきりだ。ずいぶん時間がかかっている。

「俺、ちょっと見てきます」

「わたしが行きますよ。このデパートのバックヤードがどうなってるのか、樋口くん知らないでしょう」

確かにその通りだった。捜しに行った恭一郎が迷子になりかねない。扉子がスマホを取り出した。

「もうすぐ父も戻ってくると思いますし、なにかあったら連絡して下さい」

そう言ってスマホを取り出して、携帯の番号を教えてくれた。ＳＮＳは普段ほとんど使わないらしい。

扉子の去った後、客もまばらな会場で恭一郎はなにもやることがなかった。返品された『角川類語新辞典』を手に取る。これをもう一度書架に戻してくるか。

父の遺した蔵書の一冊。誰かに次買われたら、二度と目にすることはないかもしれない。すでに父の蔵書は何冊も売れたはずだ。

好きな本、大事にしている本から父の考えを知りたいなら、恭一郎がやるべきことはそれらが人手に渡るのを防ぐことだ。扉子もそういうつもりで言ったかもしれない。彼女は祖父を止める側の人間だ。

けれども、父の一番身近にいた祖父が最善だと信じてやっていることを、やめさせるべきだとはどうしても思えなかった。

結局、今はなにもできない。

ふだん注目されないポジションにいるせいなのか、恭一郎は決断するのに慣れていない。正しいと思われることを選び取って、すぐ行動に移せなかった。

「あの、ちょっといいですか」

聞き覚えのある声がする。レジの向こうに黄色いセーターの男性が微笑《ほほえ》んでいる。さっき『ゴジラvsビオランテ』のパンフレットを買っていった人だ。恭一郎もつられて笑顔になった。

「忘れ物があって戻ってきたんですけど、他のパンフも買おうと思って……」

彼は両手に持った二冊の映画パンフレットを見せる。一冊は真っ黒な表紙にタイトルだけ印刷されている。『INTERSTELLAR』――『インターステラー』。タイトルは知っている。SF映画だったと思う。

そしてもう一冊の表紙には、小さな怪獣を背負っているゴジラの写真に、赤い文字で『怪獣島の決戦　ゴジラの息子』というタイトルがあった。

「ゴジラに息子っているんですか」

うっかり質問が口をついて出ていた。妙にぱっちりした目と眉毛みたいな太い線は可愛いと言えば可愛い。体の色や体型はゴジラに似ていなくもなかった。

「いますよ。この子の名前はミニラです」

特撮映画マニアらしく、打てば響くように男性が答える。

「『ゴジラの息子』は昭和ゴジラシリーズの八作目で、初期の映画に比べるとかなり子供向けの内容ですね。特撮マニアには不評ですけど、映画としては意外と悪くないですよ。南の島を舞台にした怪獣同士のバトルと、ゴジラ親子の触れ合いが見どころです」

「親子の触れ合いって……なにするんですか」

ゴジラというと街を破壊したり、他の怪獣と戦っているイメージしかない。

「敵との戦い方を教えたりとか。まあ、あまり優しく接してはいないですね。厳しくて不器用な昭和の親父《おやじ》って感じで。ラストも敵の怪獣を倒した後はミニラを置いてどこかへ行こうとするし」

恭一郎の頬がぴくっと震えた。悲しいとか不愉快とか、そういう感情はまったくないけれど、父親と息子が生き別れになる物語にはつい過剰に反応してしまう。何十年も前のゴジラ映画であってもだ。

「そのまま置いていっちゃうんですか」

「いや、ちゃんと戻ってきて同じ島で暮らすことになりますよ。そのシーンも感動的で……おっと、それでこのパンフなんですが」

「あ、すいません」

　と、恭一郎は謝った。物珍しさについ質問しすぎてしまった。

「こっちの二冊にも、さっきと同じような書き込みがあるんですけど」

　そう男性に言われて、恭一郎はカウンター越しに目を凝らした。確かに値札にかぶる位置に黒々としたアルファベットが書かれている。『インターステラー』の方には「E」、『ゴジラの息子』の方には「F」。恭一郎は『ゴジラvsビオランテ』のパンフレットが入っていた空のビニール袋を振り返った。そちらには「G」の文字。

　袋にアルファベットの書き込まれたパンフレットは他にもあったのだ。

「こっちの方も中のパンフが無事かどうか、念のためチェックしたいんです」

　男性はパンフレットの入った二つのビニール袋の口を差し出してくる。さっきと同じように恭一郎ははさみで袋の封を切った。

「すいません、お手数おかけして」

男性は申し訳なさそうに『インターステラー』を確かめようとして、ふと小さな紙をポケットから取り出した。

「あ、そうだ。さっきこれが挟まったままでしたよ」

そう言って手渡してくれたのは虚貝堂の白い値札だった。「ゴジラｖｓビオランテ」。

「あっ！」

恭一郎の顔が真っ青になった。レジを打つ時に回収し忘れたのだ。レシートを渡すことに気を取られすぎて、肝心の値札のことがすっかり頭から抜け落ちていた。必ず値札を抜き取るよう厳しく注意されたのに。

「あっ、ありがとうございます！　助かりました！」

背筋が折れそうなほど頭を下げる。恭一郎の反応が大きかったせいか、男性は戸惑ったように目を伏せた。

「そんな、大したことはしてないですよ」

こちらにとっては大したことだ。売り上げの計算が狂うところだった。他のパンフレットを買うついでだったとしても、わざわざ届けてくれたのはこの人が親切だからだ。

「こっちの二冊も買います。やっぱり中のパンフは無事でしたね」

男性はビニール袋から出した『インターステラー』と『ゴジラの息子』をカウンターに置いた。今度こそミスするわけにはいかない。恭一郎はパンフレットから値札を外すと、さっきまでよく見えなかった金額を正確に打ちこんだ。

代金を受け取ってレシートと品物を渡す。届けてもらったものも含めて、三枚の値札と一枚の千円札を無事ドロワーに収めた。男性の方も持っていた小さめの買い物袋にもう二冊パンフレットをしまう。表紙がはみ出していたので紙袋を出そうと申し出たが、

「実はパンフが収まるサイズのバッグは持っているんです。さっきこちらに預けたのを忘れていまして……」

男性はプラスチックの番号札を手渡してきた。このレジで客の荷物を預かっている話は、レジの打ち方のついでに扉子から聞いている。エスカレーターのそばにある看板にも「大型の手荷物はお預かりする場合があります」と書いてあった。

恭一郎は背後のスチールラックから、番号札と同じ数字のタグのついた黒いバッグを手に取る。ビジネスマンが出張で持つような、あちこちにファスナーのついた大きなものだった。

「それです。今日はどうもありがとう。いい買い物ができました」

ビジネスバッグに三冊のパンフレットを収めた男性は、にこやかに礼を言って会場を後にした。


いつのまにか外では雨が降っていた。

会場の窓に大粒の滴が次々とぶつかっている。遠くの空が明るいので、きっとにわか雨だろう。ちょうど会場に客はいない。

一人になった恭一郎は、ぼんやりと考えこんでいた。

今日この古本市では、些細《ささい》な出来事しか起こっていない。けれども、どことなく違和感がある。警戒しなければならないなにかが、裏で進んでいるような。

手がかりになりそうなのは、さっきまで映画パンフレットが入っていた三枚のビニール袋、そこに書かれている「E」「F」「G」のアルファベットだ。

どういう意味があるんだろう。なにかの順番？　イニシャル？　品物のランク？　それとも種類？　そもそも誰が書いたのかも分からない。

一人で店番をしている時はレジから離れないように言われていたが、どうしても確かめずにはいられなかった。

会場の隅へ走っていき、段ボール箱に入っている映画パンフレットを確かめる。ざっと見た限りでは、アルファベットが書かれているものは一つもなかった。やっぱりなにかおかしい。

（鍵を持ってるのは樋口くんです）

という扉子の言葉が耳の奥に残っていた。普段の恭一郎はトラブルに自分から首を突っこんだりはしない。けれども、物事の中心にいるらしい今の自分なら、答えを見つけられたりしないだろうか。

レジに戻った恭一郎は、例の三枚のビニール袋をカウンターに並べる。腕組みしてしばらく考えこんだが、一向に答えは出なかった。

不意に誰かの影がアルファベットの上にかかる。

「とても面白いわね」

いつのまにか目の前に黒いコートとサングラスの女性が立っていた。長く伸ばした灰色の髪や、頬に刻まれたしわを見る限りではかなりの高齢だ。でも、これまで恭一郎が会ったことのあるどんな年寄りとも違っている。

とらえどころのない笑顔、棒のようにぴんと伸びた背筋は、どこか現実感が薄かった。日本語を話さなければ外国人だと思ったかもしれない。いや、外国人とも違う。

五十年ぐらい異世界で暮らしていた人——そんな印象だった。

「あ、あの、買い物ですか」

なぜか声がかすれる。そんな用事ではないと分かりきっていた。どこにも本など持っていない。

「わたしは客じゃないわ。関係者……かしら。強いて言えば」

ふとサングラスをずらして、恭一郎の顔を食い入るように見つめる。視線の強さにぞっとした。ほんの少し青みがかったような、黒目がちの瞳は誰かに似ている気がした。

「扉子が戻ってきたら、すぐにその袋を見せて事情を話しなさい。あなた自身が答えを見つけるのは諦めた方がいい」

確信に満ちた声が会場に響く。いつのまにか手のひらに汗をかいていた。ここで起こったこと、自分がたった今考えていたことを、すべて読み取られた気がする。そんなことはあるはずがないのに。

この人は誰なんだろう。扉子の名前を口にした。ビブリア古書堂の関係者なのかもしれない。けれどもそれだけでは済まない、得体の知れないものを感じる。

「重要なのはドロワーに入っている値札を見せること、どのアルファベットの袋に、どういうパンフレットが入っていたのかを説明すること……例えば、この袋になにが入っていた？」

長い人差し指がビニール袋の「Ｅ」の字を軽く叩《たた》いた。

「あ、はい。確か……『インターステラー』」

学校の授業みたいな質問に少しむっとした。他の袋になにが入っていたかも憶えている。「Ｆ」の袋には『ゴジラの息子』、「Ｇ」の袋には『ゴジラｖｓビオランテ』。

「えっ？」

顔を上げた恭一郎は啞《あ》然《ぜん》とした。黒いコートの老女が消《き》え失《う》せていた。会場の中にいるのは彼一人だった。まるで幻覚でも見ていた気分だ。

そこへ扉子が入り口から入ってきた。

「樋口くん、待たせてごめんなさい」

彼女の後ろから杖を突いた恭一郎の祖父、杉尾正臣がゆっくり現れる。無事に会うことができたようだ。ビブリア古書堂の五浦も、杉尾を見守るように歩いてきた。

カウンターの中が急ににぎやかになったが、あまり窮屈にはならなかった。ある程度の人数が入ることを見越して設営したのだろう。

「なにか変わったこと、ありました？」

扉子が恭一郎に尋ねる。

(すぐにその袋を見せて事情を話しなさい)

消えた女性の言葉を思い出す。まったく知らない相手からの助言なのに、なぜかそうするべきだと直感していた。恭一郎には見当もつかなかった答えを、この先輩が本当に見つけられるのか。そのことへの好奇心もある。

「実は……」

扉子たちに説明を始める。アルファベットの書かれた奇妙なビニール袋のこと、三冊のパンフレットのこと。話し忘れがないように細心の注意を払った。その間、彼女は唇に丸めた拳を当てて、黒々とした太いアルファベットを見つめていた。

「こういうアルファベットを、袋に書くことはありますか?」

五浦が杉尾に尋ねる。

「いや、うちではやらんな。誰かのいたずらじゃないのか」

ふと、恭一郎はレジのドロワーを開けた。黒いコートの女性が口にした、もう一つの助言を思い出した——値札を見せること。映画のタイトルが書かれた三枚の値札を並べた。どれも価格は五〇〇円だ。すると、祖父の眉間にしわが寄った。

「この二枚、値札がおかしい……恭一郎、この金額で本当に売ったのか?」

そう言って『ゴジラの息子』と『インターステラー』の値札を指差した。

「え？　あ、はい」

値札どおりに合わせて千円を受け取った。祖父の表情がさらに険しくなる。

「映画パンフの値付けは亀井に任せていたが……あいつのミスかもしれんな。これでは安すぎる。どちらも相場では三千円から四千円の間ってところだ」

「そんなに高いんですか？」

声が裏返りそうになる。映画パンフレットがそんなに高額で取り引きされていることも初めて知った。定価より高いじゃないか。

「もっと高値がつくものもありますよ。中には何十万円もするものも」

そう補足してから、扉子は杉尾の方を向いた。

「でも、これは亀井さんのミスじゃありません。先週、うちの店にも来た目録には適正価格で載っていますから。きちんと値付けされていたということです」

レジの横にあった薄い冊子を三人に見せた。緑色の表紙には大きく『第60回藤沢古本市　特選古書目録』と印刷されている。そういえば「めぼしい出物の目録を作って客に配っている」とさっき祖父は言っていた。中を開いてみると書名と価格がずらりと並んでいる。ここに載っている本を客が買いに来るのだろう。数千円の価格が多かったが、それ以上の高額な品物も目についた。

「じゃ、どういうことなんですか」

恭一郎が目録を閉じて尋ねる。

「この二冊の値札は偽物です……本物とすり替えられているんです」

全員の視線が『ゴジラの息子』と『インターステラー』の値札に集中する。白地に「虚貝堂」と印刷されていて、他のものと変わらないように見える。杉尾が偽物と名指しされた二枚に目を近づけた。

「確かに紙質は少し違う気はするが……一体どうやってそんな真似を」

「今はそれよりも犯人を捜すことです。お父さん、開店と同時に来た黄色いセーターの男の人から、大きなビジネスバッグを預かったでしょう？　犯人はあの人」

恭一郎の心臓がどきりと鳴った。話の流れで薄々察してはいたが、それでも信じられなかった。あの優しそうな人が――恭一郎にも嬉しそうにゴジラ映画の説明をしてくれた。なにかの間違いなんじゃないのか。

「犯人を捜そうにも、もうとっくにこの建物から離れていると思う。時間が経ちすぎている……行き先も特定のしようがない」

「そうだけど……あ」

突然、扉子はパーカーのポケットからスマホを出した。なにか思いついたらしい。しばらく操作してから、窓の外を振り返る。空の色は明るくなっているが、まだ雨は止《や》んでいなかった。

扉子の両目が眼鏡の奥できらりと光る。ほんの数分前、ここにいた老女の眼差《まなざ》しに似ている気がした。さっき祖父を問い詰めた時は、母親の真似をしたと言っていた。けれども今の彼女はいきいきとしていて、キャラを作っているようにはとても見えない。この姿も——いや、この姿こそ、彼女の本性のように思える。

「お父さん、ここから今すぐ一番近いコンビニに行って。もし荷物を発送しようとしてたら、絶対に止めて」

荷物を発送？　どういうことか分からないが、五浦はなにも聞かずに飛び出していった。恭一郎も思わずその後を追う。自分で答えを見つけることはできなかったが、自分の目で見届けることはできるかもしれない。

会場の外へ出ると、もう五浦の背中は通路の先を曲がって、階段を降り始めるところだった。とても追いつけそうにない。でも、行き先は知っている。

できるだけ急いで一階に降り、デパートの建物を出る。まだ上がりきっていない雨を浴びながら通りを走った。交差点の先にあるコンビニから、なにかが壊れるような激しい物音が聞こえてきた。横断歩道を渡って店に飛びこもうとする。

「恭一郎くん、中に入らなくていい」

自動ドアが開いたところで、五浦の鋭い声に足を止められた。目の前の床にコーヒーの什器《じゅうき》が横倒しになって、カップの蓋やミルクや砂糖が散乱している。

黄色いセーターの男が五浦に腕をねじり上げられ、レジカウンターに押し付けられている。『ゴジラの息子』について語った時とは別人のように荒い息を吐いていた。いきさつは分からないが、店内で暴れた男が五浦に取り押さえられたようだ。カウンターの中では制服を着た店員が電話している。警察に通報しているらしい。

少し離れたところにもう一人、ベージュのコートを着た女性が青ざめた顔で立っていた。類語辞典を返しに来た人だ——ここにいるということは、彼女も関係しているのだろう。

カウンターに押し付けられている男の顔のそばに、宅配便に使われる硬い封筒が置いてあった。扉子の言ったとおり、荷物を発送するところだったようだ。

ふと、男が恭一郎の存在に気付く。軽く目を見開いてから、苦々しげにそっぽを向いてしまう。それっきり警察が来るまで、一度も目を合わせなかった。

「二人は夫婦だったみたいです」

デパートの中にある殺風景な会議室に、五浦のよく通る声が響いていた。

「ちょうどコンビニに入った時、女は発送の手続きをしていて、男がゴミ箱になにかを捨てようとしてました……本物の値札じゃないかと思って、見せてくれって言ったら暴れ出したんです」

近くにある長テーブルの前に、恭一郎と扉子、虚貝堂の杉尾と亀井が思い思いに腰を下ろしている。普段は従業員用の休憩室として使われているらしいが、ランチタイムが終わった今は他に誰もいない。

男女は警察署に連れていかれた。これからここにも警察が来て、事情聴取が行われるという話だった。

「騒ぎのせいで本物の値札がどうなったのか分かりません。連中からも少し話を聞きたかったんですけど、その前に警察が来てしまって……とりあえず、これだけは返してもらいました」

五浦は長テーブルに置かれたパンフレットを顎で示した。『ゴジラの息子』と『インターステラー』。そのそばには「五〇〇円」の金額が入った偽の値札もある。

「俺は詳しい手口が知りたいですね。どうやってこの偽物の値札を作って、本物とすり替えたのか……こいつは本物そっくりですよ」

亀井は憮然《ぶぜん》とした顔で、偽の値札を軽く叩いた。五浦はちらっと自分の娘に視線を送った。立ち上がった扉子が、長テーブルに別の映画パンフレットを置いた――『ゴジラvsビオランテ』。

「彼らは事前に手に入れた、こちらのパンフレットの値札から作ったんです。カラーコピーして修正液でタイトルと金額を消し、それをさらにもう一度コピーすれば、まっさらな値札が手に入る……後は好きなようにタイトルと金額を書き込めます」

虚貝堂の店名が入った値札は、二人の手に渡ってしまっていた。本物があれば偽造は簡単にできる。ただ、意図的にできることではないはずだ。

「でも、『ゴジラvsビオランテ』の値札は俺が抜き忘れたんですよ。あの人が盗んだわけじゃなくて……」

恭一郎が口を挟むと、扉子は首を横に振った。

「樋口くんが抜き忘れるように仕向けたんです。その直前、なにが起こったかは憶えていますよね？」

「……類語辞典を返品にしに来た女か」

祖父の杉尾が不愉快そうに吐き捨てた。

「道理で大袈裟に騒ぐと思った。恭一郎を動揺させるためだったんだな」

はい、と扉子が答えた。

「同時に杉尾さんの注意を向けさせて、隣で起こっていることに気付かせない狙いもあったんでしょう。犯人はパンフレットを触らせないようにしていませんでした？」

後半は恭一郎への質問だった。そういえばビニール袋の封を切った時も、あの客はパンフから手を離さなかった。袋から出して中を確かめるのも、すべて自分でやっていた。恭一郎の手に渡して、値札が回収されるのを防ぐためだったのだ。

「もちろん、恭一郎くんが初めてこのバイトをすることも計算に入れていたはずです。むしろそれを知ったから、この手口を選んだ……レジでのわたしたちの会話も、立ち聞きされていたと思います」

聞けば聞くほど悪質な手口だが、まだ騙《だま》されていたという実感が湧かない。そのせいかあまり腹も立たなかった。

「偽の値札を作る方法は分かりましたけど、それと本物の値札をいつすり替えたんですかね」

亀井がビブリア古書堂の二人に尋ねる。引き続き答えたのは扉子だった。

「もちろん、レジで中を確認した時です。そのためにマジックで文字を書いて、樋口くんに袋を開けさせる口実を作ったんです」

「このアルファベットもあの人が書いたんですか？」

彼らが犯人だと分かっているのに、恭一郎はつい驚いてしまった。あの男性の戸惑ったような演技はそれほど真に迫っていた。

「そうです。映画パンフのコーナーは会場の隅にありますし、午前中の遅い時間にはお客さんも減っていました。袖の中にマジックペンでも隠していれば、気付かれないように簡単な文字ぐらいは書けるはずです……後はレジで袋を開けさせて、本物の値札とすり替えるだけです」

恭一郎はあの男が『ゴジラの息子』と『インターステラー』のパンフレットを確かめた時のことを思い返していた。

（さっきこれが挟まったままでしたよ）

そう言って『ゴジラvsビオランテ』の値札を渡してきた。あれで目の前の相手から視線を逸らしてしまった。こちらに隙を作るためだったのだ。

「いや、でもレジで値札をすり替えたりしたら、それこそ即バレじゃないですか。店員の目の前で急に品物の金額が変わっちまうわけでしょう」

納得がいかない様子の亀井の前に、扉子が空のビニール袋を二枚出して置いた。アルファベットが書かれた例の袋だ。

「だから袋に書いた文字が『E』と『F』だったんです」

扉子は「E」が書かれた袋に、偽の値札を差し入れていく。ちょうど一番上の横棒が金額と重なったところで手を止めた。これでは数字を読むことができない。

「犯人がレジに『インターステラー』を持ってきた時、樋口くんが見た値札はこういう状態だったんじゃありませんか？」

思わず恭一郎は立ち上がった。

「あ、はい。そうです。この状態でした」

『インターステラー』も『ゴジラの息子』も、アルファベットの横棒が邪魔をして最初は価格を読むことができなかった。その後、値札がすり替えられるなんて想像もしなかったので、まったく気に留めていなかった。

「本物の価格を隠して袋を開けさせるチャンスさえ作れれば、文字はなんでもよかったんです。文字である必要すらありません。あえてアルファベットを書いたのは、その狙いに気付きにくくするためでしょうね」

「じゃあ『ゴジラvsビオランテ』のパンフに『G』って書いたのは……」

「混乱させるためでしょう。『E』『F』の次の文字ですから、ますます意味ありげに見えますし」

　実際、恭一郎は三つの文字に意味を見出《みいだ》そうと必死になっていた。それ自体が罠《わな》だったわけだ。「あなた自身が答えを見つけるのは諦めた方がいい」――黒いコートの女性が言ったとおりだった。

　そういえば、彼女のことをまだ誰にも話していない。なんとなく伏せておいた方がいい気がしていた。

「……しかし、ずいぶん面倒な手口を使うものだな」

　杉尾がぼそりとつぶやいた。

「夫婦で組んでいるのだから、万引きでもすればいいだろう。一人が店員の注意を引いて、もう一人が売り場から盗む。その方がずっと単純だ」

「あー、それはたぶん、俺のせいだと思います」

　五浦はそう言って頭をかく。

「開店と同時にあの男が会場に入ってきたんですが、荷物が妙に大きかったのと、防犯カメラを捜すような態度が気になったんです。それで一応、荷物を預からせて欲しいって申し出て……」

　恭一郎たちが会場に着く直前のことだろう。あの男の大きなバッグが荷物置き場にあったのはそういう事情だったのだ。盗んだものを隠す場所がなければ万引きはできない。服の下やポケットに入れるには、映画パンフレットは大きすぎる。

「そもそもパンフを狙うのがバカですよね」

亀井が鼻を鳴らして笑った。

「他にいくらでも盗みやすい品物があるのに、あんな判型のでかいものを選ぶなんて。まあ、バカじゃなきゃこんなことをやらないですけどね」

「わたしも同じことを考えました……パンフを狙わざるを得ない事情が、あの人たちにはあったんです」

扉子はスマホを出してテーブルに置き、画面を全員に見せる。表示されているのはフリマアプリで、あるユーザーが現在出品しているもののようだ。

どれも古書のようだったが、その中で二つだけ「ＳＯＬＤ」のマークがついた品がある。『インターステラー』と『怪獣島の決戦　ゴジラの息子』の映画パンフレットだった。扉子が『ゴジラの息子』の取り引きの詳細を表示する。出品されたのは三日前、購入手続きが取られたのは昨日だった。

「……ちょっと待て」

杉尾が手を伸ばし、品物の一覧に画面を戻す。目を凝らして古書を一つ一つ確かめていった。

「どういうことだ、これは」

彼はうめくように言った。

「ここに並んでるのは、今回の目録に載ってる古書ばかりだぞ」

「……なるほど、そういう手口か」

五浦は理解した様子だった。

「目録は催事が始まる前の週には配られてる。あの連中はそれを手に入れて、目録の中でも単価の高い古書をフリマサイトに出品したんだ。本来は書影の画像も必要だが、よほど珍しいものでない限りネットにいくらでも転がっている」

「でも、そんなことしても品物は持ってないんですよね。もし注文が入ったらどうするつもり……」

恭一郎は質問の途中で口をつぐんだ。そうか。注文が入ったら盗みに行くんだ。そして、その古書を客に発送する——扉子がうなずいた。

「この方法なら盗んだ古書を確実に換金できます。ただ、どれを盗むのかは自分で選べませんし、他の誰かに買われたらおしまいです。どんなことをしてでも、初日の朝一番に会場に駆けつけて確保する必要があったんです」

今日の午前中、藤沢駅であの中年男にぶつかった時のことを思い出した。ひどく急いでいたのは、ここでパンフレットを盗まなければならなかったからだ。

「履歴を見るとかなり以前から大量の古書を出品しています。他の催事でもこの方法で盗んだ古書を売りさばいていたんじゃないでしょうか。樋口くんを騙したやり口も、初めてとは思えないほどスムーズでしたし」

淀《よど》みなく語り続ける扉子を、恭一郎は遠い気持ちで眺めていた。変わった人だと思っていたが、頭が冴《さ》えすぎているだけなのかもしれない。恭一郎から話を聞いただけで、すべての謎を解いてしまった。

「連中があのコンビニにいると分かったのは、ネットフリマに出品していると気付いたからだったんだな」

五浦が確認するように言った。娘が本についての謎を解いたことに、この人はまったく驚いていない。きっとこれまでも同じような出来事があったのだろう。

「苦労して手に入れた商品だから、真っ先に発送するだろうと思ったの……でも雨が降っているし、商品を濡らす危険を冒してまで、遠くのコンビニや郵便局へはいかないんじゃないかって」

その予想も正しかったわけだ。大の大人が彼女の言葉どおりに動いて、今も揃《そろ》って話に耳を傾けている。すべては恭一郎ではなく、この先輩を中心に回っているような気がする——。

「でも、一つだけ疑問があるんです」

扉子は皆に向かって人差し指を立てた。

「その人たち、どうしてパンフレットを騙《だま》し取《と》ったと認めたんでしょうか」

「……どういうことだ」

杉尾が質問を返す。

「だって、本物の値札はどこに行ったのか分かっていないでしょう？　コンビニで現場検証をしても出てこないか、出てきても読める状態ではないかもしれない。二人は一応、お金を払ってパンフを手に入れているんです……偽の値札なんて作っていない、虚貝堂さんが金額を書き違えただけだと言い張っていたら、かなり面倒なことになっていたはずです。この手口の利点はそこにあると思うんですけど……」

確かにそうだ。表面上は普通の売り買いをしただけなのだ。本物の値札が出てきていない今、こちらにとって状況は厳しい。でも、こうしてパンフレットは何事もなく戻ってきている。

「実はあの連中、罪をはっきり認めたわけじゃないんだ」

五浦はあっさり言った。その場にいた全員が目を丸くする。

「コンビニで質問しても、ろくに答えようとしなかった。コンビニでの器物破損は罪に問われるだろうが、この件ではどうなるか分からない。他にも余罪がありそうだから、無罪放免ってことはないだろうが」

恭一郎にとっても初耳だった。コンビニで騒ぎが収まった後、五浦は男となにか話していたが、内容までは聞き取れなかった。男が二冊のパンフレットを渡す姿を見ただけだ。

「でもあの人、パンフレットを返しましたよね」

「まあ、そうだ」

五浦は恭一郎と視線を合わせた。

「おそらく、原因は君だと思う」

「は？」

恭一郎は間の抜けた声を出した。

「君がコンビニに現れたら、あの男は急に大人しくなった……しばらくして、パンフを返してもいいと言い出したんだ。どういう心境なのかは知らない。でも、君と映画の話をするのは楽しかった、とは言ってたよ。話好きのマニアだったのは、本当だったんだろうな」

「古書を盗む人間にはマニア崩れが多い……商品の目利きができるからな」

杉尾が説明を付け加える。

「楽しかったって、その恭一郎くんを騙したくせに。ふざけやがって」

亀井は腹の虫がおさまらない様子だった。騙されたのは確かだが、恭一郎自身はさほど腹を立てていなかった。本音を言えば恭一郎も男から聞いた「ゴジラの息子」の話は楽しかった――今度、映画を観てみようと思えるぐらいに。コンビニに着いた時、男は恭一郎の目を見ようとしなかった。あの苦々しげな表情は、作り物ではなかったのかもしれない。

「じゃあ、樋口くんのおかげなんですね」

扉子は恭一郎に笑いかける。

「アルファベットの文字がおかしいと最初に気付いていて、皆に知らせてくれましたし。スルーしてもおかしくなかったのに。やっぱり樋口くんはなにか持ってるんですね。物事の鍵になるような」

本気で言っているらしい。どう考えてもパンフレットを取り戻せたのは扉子のおかげだ。恭一郎は鍵など持っていない――けれども、役に立ったのも確かだと思う。それは少し嬉しい。

「まあ、怪しい連中の手に渡らなくてよかった……特にこいつは」

祖父は『ゴジラの息子』のパンフレットを開いていた。子供向けの映画らしく、最初のページがゴジラたちのプラモデルの広告になっている。そこに例の蔵書票が貼り付けられていた。Y・S――杉尾康明のイニシャルが印刷されたものだ。

（あ……）

父の蔵書だったのだ。全然気付いていなかった。

「康明の蔵書に、こんなものがあったんだな……お前は知ってたか」

祖父が尋ねると、亀井はうなずいた。

「ええ。これ、不思議だったんですよね」

しみじみした口調で答えた。

「康明さん、特撮ものにはあまり興味なさそうだったのに、このパンフだけは昔から大切にしてたんですよ。状態はともかく、書き込みがひどいんですけどね。だから、相場より安くせざるを得なくて」

「書き込み……」

祖父が口の中でつぶやく。なにか思い当たることがあったらしい。丁寧にページをめくり始める。後半のモノクロページに、突然青や赤の鮮やかな色が現れる。

ミニラを肩車したゴジラのイラストが大きく印刷されていた。白抜きの怪獣たちは、水性ペンらしい青色でぐちゃぐちゃと塗りつぶされている。隅の方に「ぬりえのページ」という文字が見えた。

(たまたまうちの売り物の中にあった塗り絵でひまをつぶしたり)

祖父の言葉が脳裏に蘇った。幼かった父をこの会場につれてきた時の話。虚貝堂が塗り絵を出品することはなかったとしても、映画パンフレットならありうる。現に今、こうして出品されているのだから。

「そうだ……思い出してきた……」

祖父がかすれた声で言った。

「康明は絵本代わりにこのパンフを開いていた。あの頃はまだ、このパンフに古書価なんてつかなかった。だからあいつにくれてやって、塗り絵でもなんでも好きにやらせたんだ……」

四十数年前、息子が塗ったインクの跡を、祖父の指先がゆっくりなぞった。よく見るとゴジラとミニラはただ色を塗られているだけではなかった。二匹の手元には赤いペンで絵が描き加えられている。縞《しま》模様の入った四角だった。

子供だった父がなにを描こうとしたのか、恭一郎にははっきり分かった。本が好きな人の考えは、大事にしている本から確かに分かる。

それは本だった。ゴジラ親子は本の山を運ぼうとしている。その時、周りにたくさんあった古書を参考にしたのだろう。そして父親と自分を、ゴジラとミニラに重ねていたに違いない。

「あいつ、こんなものを何十年も取っておいたのか」

祖父の声がかすかに湿った。ずっと持っていても不思議はないと恭一郎は思う。このパンフレットは父が生まれて初めて手に入れた古書なのだ。

「康明さんの蔵書、本当にこのまま売るんですか」

意を決したように亀井が口を開く。

「社長が売り場に出せって言うなら、黙って俺は出しますよ。理由が分からなくてもね。でも、こういう思い出の品まで、人手に渡さない方がいいんじゃないですか」

恭一郎は亀井の顔を窺った。長年勤めているこの人も、祖父がどうして父の蔵書を売ろうとしているのか知らないのだ。

「……今は俺の指示に従ってくれ」

長い沈黙の後で、祖父は細い声で答えた。

「ただ、このパンフレットは俺が買う。亀井、取り置きを頼む」

長テーブルに手を突き、ゆっくり立ち上がる。

「社長、だったら他の本も……」

「これは例外だ」

ぴしゃりと部下の言葉を遮った。

「康明がよく言っていたからな。もし自分がいなくなったら、形見分けで好きな本を持って行っていいと……これはその分だ」

自分の言葉も信じていないような、言い訳じみた説明だった。

「俺は一度売り場を見てくる。警察が来たら呼んでくれ」

杉尾は杖を突いて会議室を出て行く。しばらくの間、残った者は誰も口を利かなかった。侘《わび》しげな杖の音が遠ざかっていった。

間章一・五日前

北鎌倉駅の方から、電車の駆動音が響いてくる。雨の日は少し音の聞こえ方が違う気がする。

依頼人を母屋の玄関まで見送った後、篠川栞子は薄暗い廊下に立ち止まった。目を閉じて頭の中で依頼内容を整理する。

依頼人の名前は樋口佳穂《かほ》。四十三歳。茅ヶ崎《ちがさき》市在住。依頼内容は亡くなった前夫の蔵書が売りに出されるのを止めること。売ろうとしているのは前夫の父である虚貝堂の店主・杉尾正臣——。

「ふう……」

そこで思わずため息をついた。大学生の頃、栞子がビブリア古書堂を手伝い始めた頃から杉尾のことを知っている。父が経営していたこの店を継ぐことになった頃、杉尾は古書組合の理事も務めていて、よく相談に乗って貰っていた。堅実な仕事ぶりと面倒見のよさで誰からも信頼される人物だった。

ここ数年は病気がちで組合の理事も退いていて、栞子も顔を合わせることが少なくなっていた。以前の気さくさが影をひそめて、人付き合いも好まなくなったという話は聞いていたが、体調や年齢を考えればそれも不思議はない。

今回のことも本人なりの理由があるのだろう。じっくり話を聞いて、できるだけ大《おお》事《ごと》にならないよう収めたい。栞子の考えも樋口佳穂の依頼に沿っている。ただ、悩ましいことに日本を何日か離れることになっていた。

明後日《あさって》からイギリスに飛んで現地の古書業者と取り引きをする予定だ。海外での古書売買は、栞子の母である篠川智恵子《ちえこ》が長年続けてきた仕事だが、七十歳を過ぎてから栞子がその一部を担うようになった。おかげで日本にいないことが増えている。

反対に母の智恵子は日本で過ごすことが多くなった。北鎌倉からそう遠くない藤沢市の片瀬山《かたせやま》に書庫つきの邸宅も構えた。近々、仕事を引退して日本に定住するつもりなのだろう。一人暮らしの高齢者が娘一家の近くに引っ越してくる——別に珍しい話ではない。しかし篠川智恵子に限っては、安心して老後を送りたい、といった常識的な理由ではありえない。

彼女は十年以上も家族を放り出して幻の古書を追い求めていた、常軌を逸したビブリオマニアだ。本のように他人の思考や感情を読み取ることを無上の喜びとしている。なにを企《たくら》んでいるのか分かったものではなかった。

今の栞子にははっきりと意図を突き止めることはできない。突き止めるのを邪魔するために、栞子を日本から遠ざけているようにさえ感じられる。

母のことは考えていても仕方がない。まずは虚貝堂の件だ。

一応、日本を離れる前に杉尾に連絡を取るつもりだが、おそらく徹底して栞子との接触を避けるだろう。古本市の会場でつかまえるしかない。問題は催事が開催されている間に、栞子が帰国できるかどうかが微妙なことだ。

その場合は夫の大輔に杉尾を説得してもらうことになる。夫がこの件に関わるかもしれないことは依頼人の佳穂に伝えてあるし、了承も得ている。大輔も喜んで引き受けてくれるだろう。

そういう労を厭《いと》わないところ、責任感の強いところも含めて、大輔という男性にはいくら賞賛の言葉を重ねても足りないのだが、ただでさえ北鎌倉の店を彼一人に任せることが増えている。古本市への参加で忙殺されているところに、これ以上の負担をかけたくはなかった。

できればもう一人、手伝ってくれる人間が欲しい。

横須賀線の電車が遠ざかり、踏み切りの警告音も止んだ。静けさを取り戻した篠川家の廊下で、栞子はもう一度ため息をつく。それから足音を立てずに歩いていき、娘の部屋の前に立った。

「扉子、ちょっといい？」

返事を待たずに襖を開ける。普段はこんなことをしないが、今日は強く出る必要を感じていた。制服を着たまま机の前に座っていた扉子が、ぱっと本を閉じて振り返った。

「急に入ってこないで」

慌てた声で言う。今まで開いていた文庫本を袖の下に隠している。書名は見えなかったが、そばにボールペンが転がってる。なんの本かは察しがついた。

新潮文庫の『マイブック』。たった今立ち聞きした栞子と樋口の会話を、白紙のページに書き込んでいたのだろう。本人は自分だけの秘密と思っているようだが、この店で起こった古書にまつわる事件について、扉子が記録していることを栞子も大輔も知っている。これは彼女なりのビブリア古書堂の事件手帖だ。

「ごめんね。突然開けたりして」

栞子は一応の謝罪を口にした。

「ちょっとお願いしたいことがあって……あなたがさっき廊下で聞いていた、樋口さんからの依頼の件だけど」

扉子は決まりが悪そうにぎゅっと顔をしかめる。娘は若い頃の栞子に似ていると誰もが言うし、実際似ているような気もするけれど、こういう感情が表に出やすいところは違う。

「よかったらあのことで、わたしたちを手伝って欲しいの……予定がなければの話だけど」

「予定は別にない……春休みは本を読もうと思ってただけで」

思った通りの返事に、栞子の気持ちは沈んだ。今の扉子には読書以外にすることがない。今日も学年の修了式なのにまっすぐ帰ってきて、クラスの打ち上げに参加したり、友だちと遊ぶ予定もないようだ。本人が望んでそうしているなら別に構わない。栞子も中高生の頃からまったく社交的ではなかった。

この子の場合は違う。幼い頃から扉子は他人に関心を示さず、ひたすら本ばかり読んでいた。それならば、と栞子たちが本を通じて人と関わるよう促した結果、同じ趣味を持つ友だちを作り、少しずつ他人に関心を持つようになってきた。一人でいることが増えたのは去年の夏、梅雨が明けたあたりからだ。

由比《ゆい》ガ浜《はま》にあるブックカフェ・もぐら堂の娘である戸山圭《とやまけい》とは幼馴染《おさななじ》みで、同じ高校に通っているが、このところ連絡を取り合っている様子はない。

基本的に本の話しかできないし他のことを話す気もない娘が、無類の洞察力を持っていることは、対人関係でトラブルを招きかねない。そこに以前から懸念を抱いていた。おそらく懸念どおりになったのではないかと思う。

戸山圭も両親にはなにも語っていないという。この年頃の子供たちが一度口を閉ざしたら、開かせるのはとても難しい。かといって、勝手に調べ上げるような真似も避けたかった。心配しつつも遠巻きに見守るような日々が、この半年ほど続いている。

「お母さんたちには、人手が必要なんだよね？」

扉子がじっと母親の顔を凝視している。上辺だけの取り繕いや駆け引きは、このまなざしの前では意味がない。こちらを見透かされるだけだ。

「お母さん、明後日から日本を離れる用事があって……虚貝堂さんと話すのはお父さんにお願いしないといけないけれど、無理をさせたくないの」

「……どういう手伝いをすればいい？」

栞子はしばし沈黙した。樋口佳穂の依頼に関係したことは、基本的に大輔がやるはずだ。必要なのは催事での店番や品出しなど通常の仕事の手伝いだが、扉子が雑用だけをこなすとは思えない。古い本にまつわるトラブルを目の当たりにすれば、我を忘れて首を突っこむだろう。ロンドンにいる栞子にそれを止める術はない。

「この件に関わっている人たちの話を、じっくり聞いてきて欲しい。もしなにか分かったら、行動を起こす前に必ずわたしに報告して」

どうせ止められないなら、理性的な行動を促すしかない。扉子は考えをめぐらせるように、一瞬だけ目を閉じた。

「ちゃんと他人と意思の疎通をはかりながら、ってことだよね。相手の気持ちを考えて……わたしの苦手なことだ」

説明する前に先回りされる。栞子はうなずいた。一人で読書するだけなら、他人とのコミュニケーションは必要ない。しかし、残念なことに扉子は他人に興味がありすぎるし、他人の考えも深く読みすぎてしまう。胸の内を見透かされて嬉しい人間などいない。そういった心の機微を、この子は学習していかなければならない。本とは異なる、人間という存在とどう付き合っていくべきかを。

「分かった。やってみる」

扉子はこくりとうなずいた。

二日目・樋口一葉　『通俗書簡文』

二日目・樋口一葉《ひぐちいちよう》『通俗書簡文』

藤沢古本市の二日目は朝から大盛況だった。

初日のような騒動もなく、デパートのイベントスペースには大勢の客が押しかけていた。もちろん売り上げも好調で、忙しいながらも平穏に一日が終わるかと思われた。

しかし、午後二時を過ぎたあたりから文字通りの意味で雲行きが怪しくなってきた。晴れていた空が重たげな鉛色の雲に覆われたと思ったら、横なぐりの強い雨が降り始めたのだ。昨日のようなにわか雨とは違う、嵐のような悪天候だった。

「いやー、困った！　困った！」

ボブカットの小柄な女性が、窓際で腕組みしながら叫んだ。

「どうしたんですか」

大判の古書を抱えて会場を歩き回っていた樋口恭一郎は、足を止めて尋ねた。

商品の陳列されている場所は一応は店ごとに分かれているのだが、はっきりとした境界線があるわけではない。客が手に取って確かめるうちに、他店の古書と混ざってしまうことが多い。そういう古書を元の場所に戻す仕事をやらされていた。

「だって見てよ、この会場の中。店員しかいないじゃない？　お客がわらわら来てくれないと困るんだよね。うちみたいな店は特にさあ！」

彼女は天井を仰ぐ。確かに今は客が一人もいなかった。濡らすことのできない紙の本を、わざわざ買いに来る客がいないのは仕方がない。

大声で嘆いているこの女性は神藤《しんどう》といって、ドドンパ書房という変わった名前の店を経営している。年齢は三十歳ぐらい。フードのついたスウェットにトレーニングパンツを身に着けている。練習帰りのアスリートみたいに見えるが、以前は本当に陸上投擲《とうてき》の選手だったそうだ。得意だった種目はハンマー投げで、今も上半身の筋肉がおそろしく発達している。腕組みするポーズがとても似合っていた。

桁外れの体力を活かしてよく働く人だが、初対面の恭一郎も含めて誰彼構わずよく話しかける。開けっぴろげな性格の人だった。

「うちは品物を目録に載せてないでしょう。安いものを大量に並べて大量に売る、売れたら大量に補充するっていう、パワータイプの古本屋だからね。お客さんも大量に来てくれないと回らないんだよ！」

パワータイプの古本屋。耳慣れないフレーズに戸惑ったが、そういう専門用語があるのかもしれない。

「パワータイプの古本屋って初めて聞いたな」

近くの棚で黙々と品出しをしていた、眼鏡の古書店主が小さく笑った。神藤が勝手に作った言葉だったらしい。

眼鏡の古書店主は名前を滝野といい、名前と同じ滝野ブックスという店の経営者だった。黒いハイネックのニットを着た細身の中年男性で、扉子から聞いたところでは古書組合支部の理事長で、同業者のまとめ役のような存在らしい。ビブリア古書堂の五浦とはかなり親しい様子だった。

「あ、樋口くん、その本、うちのだ」

滝野は恭一郎から大判の古書を受け取った。『ファイアーエムブレム　蒼炎《そうえん》の軌跡　設定資料集　テリウス・リコレクション［上］』。古いゲームの設定資料集だ。こういうものも売られているとは。しかも「上」だけなのに価格は一万円。かなり高い気がする。滝野ブックスはゲーム関連の本に強いらしく、古いゲーム雑誌や攻略本を大量に並べていた。

「パワータイプで意味は通じるでしょう？　一冊一冊きちんと調べて値付けして、とか苦手だし時間も足りないんです。力業でこなしていくしかないんですよ」

「でも、ドドンパさんの品物はすごく売れてるよ。今回の催事にも参加してくれて助かってる。ドドンパさん目当てで遠くから来るお客もいるぐらいだから」

「値付けが雑だから狙われてるだけです。わたしの欠点なんで。でも、頭脳タイプの滝野さんに褒められると嬉しいですね」

「俺はそっちに分類されるのか……掘り出し物が多いっていうのも、店として十分な強みだよ」

「さすが組合支部の理事長、気配り上手ですね。そんな風に褒めてくれるの、今まで虚貝堂の康明さんぐらいでしたよ」

　同業者同士の会話を続ける二人から、そっと離れようとしていた恭一郎は、父親の名前に振り返った。

「父を知ってるんですか？」

　神藤に尋ねると、彼女は真っ白い歯を見せて笑った。

「そっか、君は息子さんなんだよね。店を始めた頃、康明さんにはよく相談に乗ってもらったり、ご飯をごちそうになったりしてたんだ。後はうちでは扱わないジャンルの本を買い取ってくれたりとか」

今回の催事を手伝って分かったのは、古書店同士は横の繋がりが強いことだった。

そういう付き合いも珍しくないのだろう――と思ったら、滝野は驚いた顔をしている。

「神藤さんと仲がよかったとは知らなかった。康明さんが同業者と付き合うのは珍しかったから」

「え、そうなんですか？」

恭一郎は声を上げた。捉えどころのない無口な人だったが、穏やかな性格で他人を避けるようなところはなかった。古書店員なら本に詳しいはずで、話の合う人はいくらでもいそうだ。

「昔は違ったんだよ……古書組合の中でも康明さんと親しくしている人も多かった。俺が初めて組合の経営員になった時、仕事を教えてくれたのも康明さんだったしな。何年か家を空けて、戻ってきたら人と話さなくなってたんだ」

なるほど、とうなずきかけて、恭一郎ははっとした。

「『何年か家を空けて』って、なんですかそれ」

そんな話は聞いたことがない。しまったというように滝野は表情を曇らせた。

「君は知らなかったのか……うっかりしてたな」

神藤は驚いていない。以前から知っていたのだろう。同業者の間では有名な話なのかもしれない。黙って続きを待っていると、観念したように滝野は口を開いた。

「詳しい事情は俺も聞いていないから、付け加えることはそう多くない。康明さんは何年か留守にしていたんだ。どこでなにをしているのか誰も知らなかったし、誰にも連絡を取らなかった。警察にも捜索願が出されたはずだ」

つまり行方不明ということだ。生きているのか死んでいるのかも分からない状態。本人からも母親からも一度も聞いたことがないし、恭一郎もまったく記憶にない。

「何年前に、いなくなったんですか……？」

一瞬、滝野は答えをためらった。

「……十五、六年前だと思う。五年ぐらい経って、ひょっこり帰ってきたんだ」

顔から血の気が引いていく。その年数が正確なら、恭一郎が生まれる前後にいなくなり、離婚した後で戻ってきたことになる。

「ありがとう、ございました」

礼を言って二人から離れる。

これまで父と母が離婚した原因を詳しく聞いたことはなかった。二人とも話したがらなかったし、大人たちのややこしい過去に深入りする気もなかった。不倫やＤＶといった深刻な問題があったようにも思えなかったので、きっと性格の不一致があったんだろうと勝手に納得していた。けれども生まれる直前か、生まれた直後の子供と妻を置き去りにして失踪するのは、離婚して当然の深刻な問題だ。

それに五年も行方をくらませていた人間が、妻と子がいなくなった後で「ひょっこり」帰ってくるのも引っかかる。妻子が出て行ったのを知って戻ってきたみたいじゃないか。だとしたら実の父親はとんでもないクソ野郎――。

「樋口くん」

急に叩かれた肩がびくっと震えた。振り向くと眼鏡をかけたロングヘアの少女が立っていた。昨日と同じ赤いパーカーとロングスカートがよく似合っている。ただでさえ大きな目で瞠《みは》って、恭一郎に顔を近づけてくる。

「どうしました？　顔色よくないですよ。具合でも悪いんですか」

篠川扉子はそう言うと、恭一郎の頬に触れてきた。いきなりのことに体が硬直する。

「ほら、頬がすごく冷た……い？　あれ、よく分からないな。わたし、手が冷たいんですよね。どっちだろうこれ。寒いですか、今」

ひんやりした指で頬のあちこちをぶすぶす突《つつ》いている。妹以外の女の子に顔を触れるのは初めてだった。年の近い女子にそうされたら、もっと緊張したりときめいたりするものだと思っていたが、この先輩相手だと変な笑いがこみ上げてくる。その可《お》笑《か》しさに不思議と心が落ち着いた。

「あ、大丈夫です……なにかありました？」

真剣な顔つきで人の頬を押しまくっていた扉子は、それでやっと手を下ろしてくれた。

「レジの仮締め、一緒にやってもらえません？」

営業時間が終わってから行うレジ精算のことを本締めというらしい。仮締めというのは本締めが行われる前に、レジに記録されている売り上げ金額と実際レジに入っている現金の額が一致しているか確認すること、だそうだ。

「お店によってレジの種類も営業の仕方もそれぞれだから、仮締めと言っても作業内容は微妙に違ったりしますけどね。今のうちに仮締めをやっておくと、本締めが楽になるんです」

扉子はそう言いながら、コインカウンターに移した硬貨と紙幣を数えている。レジから出した仮締め用レシートの金額を読み上げるのは恭一郎の役目だ。数字の印刷が少し薄くなっていて、読むのに少し苦労した。

その後、コイントレーの下にある値札の金額も集計して、店ごとの売上額も出していった。さっき滝野が言っていた通り、ドドンパ書房の値札が一番多い。次に多いのは虚貝堂だったが「蔵書票有り」と記されているものが目立つ。杉尾康明の蔵書ということだろう。価格は二、三千円のものが中心で、『××殺人事件』のような書名がいくつもあった。推理小説がよく売れたようだ。

父の本は祖父の目論み《もくろ》通り、順調に人手に渡っている。もちろん、明日に終わるこの古書市ですべてなくなるわけではない。しかし、五月までに虚貝堂が参加するという他の催事にも出品されるはずだ。きっと、かなりの冊数が売れていってしまう——。

なにか胸がもやもやする。もし父が本当に妻子を置き去りにした人間なら、その蔵書がどこに行こうと知ったことではないのに。

ふと、電卓を叩いている扉子の横顔を窺った。ビブリア古書堂が母の依頼で動いているということは、この先輩も両親の間に起こったことを色々知っているんじゃないだろうか。わざわざ声をかけてきたのも、恭一郎と滝野の会話を聞いて、なにか話そうとしているのかもしれない。

「家族を置いて何年も失踪してた人って、なに考えてるんですかね」

すべての計算が終わって、電卓を片付けていた扉子の動きが止まった。伏せた目元に影が差していた。

「……やっぱり聞いたんですね、滝野さんから」

「あ、はい」

「根本的に自分のことしか考えていないと思います。人としてなにかが壊れてるんでしょうね。それは間違いないです」

想像以上に厳しい評価に、恭一郎はショックを受けた。ほとんど接触がなかった人からも、父はそんな風に思われているのだ。

「そういう人が帰ってきても、普通に接することはなかなか難しいですよね……でも、わたし自身はそこまで複雑な感情を持ってないんです。なにを考えていたのか、本人に聞いてみたい気持ちもあって。母と違って直接被害に遭ってないせいだと思うんですけど。きっと祖母にも祖母なりの切実な理由があって……」

「んん？　あれ？　ちょっと待って下さい」

熱のこもった扉子の語りを恭一郎が止めに入った。なんだか言っていることがおかしい。

「すいません。誰のこと話してます？」

「うちの祖母の話です。滝野さんから聞いたんじゃないんですか？　昔、十年以上も祖母が失踪してたって」

十年、という数字に驚いた。父がいなくなっていた年月の倍だ。恭一郎が慌てて事情を説明すると、みるみるうちに扉子の顔が赤くなっていった。眼鏡をずらして手のひらで両目を隠してしまう。

「はー、勘違いした。恥ずかしい……人の話をちゃんと聞かないと駄目ですね。わたし、こういうので失敗するんです……」

「いや、俺が変な言い方したんで。先輩のせいじゃないですよ」

先に勘違いしたのは恭一郎の方だ。父について尋ねたが「わたしも滝野さんと同じようなことしか知りません」という返事だった。それよりも今は扉子の祖母が気になる。話を聞いてみると、名前は篠川智恵子というらしい。そういえば昨日、本当にあり得ないほど知識を持っている「怖い」人だと言っていた。

とにかく、似たような身内を持つ人は他にもいるのだ。それで父親への感情が和らぐわけではないが、少し心が落ち着いた。

「祖母は一を聞いて十を知る……いえ、場合によってはまったく話を聞かなくても、相手の考えていることを理解してしまう人なんです。わたしにはそこまでの洞察力はないんですけど、先回りして分かった気になってしまうところがあって」

そこまでの洞察力はない、という言い方に無意識の自負が滲んでいる。それなりの洞察力はあるつもりということだ。昨日、映画パンフレットの値札の謎を解いた姿を見れば、その自負も間違いではないと思う。

「でも、話を聞くのは大事なんです。わたしは周りの人たちと、なるべく会話を重ねていこうと思っていて」

そういえば昨日もそんなことを言っていた。きちんと他者と意思の疎通をはかり、とか。

「……なんでですか」

「分かっているつもりでも、相手の思いを読み違えることがあります。それに、話をすることでお互いの内面はなにかしら変わると思うんです。和解できなくても、きっと理解には繋がる……だから今は、相手の話に耳を傾けようと努力しています」

打てば響くようなその答えは、長い時間扉子が自問してきたことを窺わせた。これは彼女が他人とコミュニケーションを取ろうとしている理由でもあり、同時に恭一郎へのアドバイスでもある。相手の話に耳を傾けて——父の話はもう聞けないが、祖父や母から聞くことはできる。というより、そうするしかない。なにも聞かずに他人の考えを理解できるような能力など、恭一郎は持ち合わせていないのだから。

（……ん？）

不意に頭をよぎったのは、昨日会場に現れた黒いコートの老女だった。恭一郎からまったく話を聞かずに、ビニールの袋を見ただけでアドバイスをしていった人物。あの時、彼女は扉子の名前を口にしていた。ひょっとすると、あの人が篠川智恵子なんじゃないのか。

「先輩、昨日のことなんですけど……」

と、言いかけた時、会場の外から入ってきた人影がレジの前に立った。この大雨の中を客が来たのか——そう思って顔を上げた恭一郎は凍りついた。

「ここでなにしてるの」

立っていたのはトレンチコートを着た樋口佳穂——恭一郎の母親だった。

どこかで話をしようと言われて、恭一郎はデパートを連れ出された。大雨のせいで遠くへは行けず、駅ビルにあるチェーン店のカフェに入った。

「おじいちゃんを手伝うことを、わたしは別に怒っているわけじゃないの」

狭いテーブルで向かい合った途端、抑揚のない声で佳穂は言った。つまりそれ以外のことには怒っている。こういう前置きをするのは不機嫌な時だ。

「ただ、手伝うなら手伝うって言って欲しかった」

恭一郎は無言でカフェオレに口を付けた。この言い方はずるい。手伝うと言ったら止められていたと思う。それでも、バイトの件を祖父に口止めされていたことは言わなかった。

「お祖父《じい》さんが康明さんの本を売ろうとしている理由、恭一郎も知らないのよね？」

「うん」

「本当に売っていいの？　一応はあなたに相続権があるのに。高値がつくものは少ないそうだけど、数が多いからそれなりの価値はあるはずよ」

店に入ってからずっと佳穂が一方的に喋り続けて、恭一郎はただ短い答えを返している。いつも通りの母と息子の会話だ。中学へ入学したあたりから恭一郎は佳穂とあまり口を利かなくなった。たまに会話してもつい無愛想な感じになってしまう。世話焼きの母が鬱陶しい気持ちは多少あるが、別に不満があるわけでもない。いちいち話すような用事はないと思っているだけだ。

今日は用事があった。

「……千冊も貰ってもしょうがないよ」

「それは、少ない数なら欲しいってこと？」

痛いところを突かれてどきりとした。

「まあ……でも、それはもう貰った」

そう言ってからしまったと思った。

「知ってる。『人間臨終図巻』でしょう。山田風太郎の」

ふうっと恭一郎の口から息が洩れる。

「……なんでそのこと……」

母の前では読んでいない。今、読んでいる『I』は休憩時間に読もうと思って、バッグに入れてきている。

「昨日の夜、あなたがリビングで読んでるところをパパが見てたの。それで今朝、あなたの部屋を覗いたら机の上に二冊置いてあって」

そういえば出しっぱなしにしていた。母以外の目を意識しなかったのも失敗だった。扉子が薦めたとおり面白かったので、母が仕事から帰ってくるまで読み耽ってしまったのだ。

「あれ、すごく古い版なのよ。康明さんが昔、まったく同じ版で読んでたのを思い出して……藤沢の古本市で彼の本を買ったんじゃないかってピンと来たの。パパにはそっとしておいた方がいいって言われたけど、藤沢へ来る用事があったから、ついでに会場へ行ってみたらあなたがいたわけ」

ちなみに「パパ」というのは、佳穂の再婚相手である樋口芳紀《よしき》のことだ。もちろん恭一郎の養父でもある。さっぱりした性格の好人物で、お父さんと呼ぶことに恭一郎もためらいはない。ただ、多少のぎこちなさがあるのも事実だった。

恭一郎にとって芳紀は物心ついた頃から、不思議とよく遊びに来る親戚のおじさんだった。実際、血縁上は佳穂のいとこにあたる。その頃、佳穂たちは茅ヶ崎の古い借家で二人暮らしをしていた。

恭一郎が七歳の時、突然母の妊娠が判明して、二人が何年も交際していたことを知らされた。母と芳紀は同じ籍に入り、当然恭一郎も息子という扱いになった。

いとこ同士の結婚は禁じられていないし、母たちが別に悪いことをしたわけでもない。それは子供心にも分かっていたが、大人たちの生々しい関係を垣間見《かいまみ》てしまったような後味の悪さは、今も恭一郎の中で尾を引いていた。

それを察した養父の方も、恭一郎と一定の距離を置いていた。もちろん結婚後に生まれた妹の方をことさら可愛がる、といったことは一切ない。どんな時も親身に、優しく接してくれている。芳紀には素直に感謝していた。

「なんでそこまでして、本を相続させたいんだよ」

恭一郎はカフェに入って初めて自分から質問する。

「失踪したって聞いたけど。それが原因で離婚したんじゃないの？」

佳穂は大きく目を見開いたが、それも一瞬のことだった。すぐに普段の落ち着きを取り戻す。

「まあ、そのうち誰かが話すと思ってた……確かに離婚の原因は康明さんの失踪だけど、そうなったのは事情があってね。彼は姿を消すつもりじゃなかったの。ただ、読書旅行に出かけただけだった……」

「読書旅行……ってなに」

耳に引っかかった妙な言葉をつい繰り返した。

「読書以外では唯一の彼の楽しみでね、忙しくて読めなかった本が十冊とか二十冊たまると鈍行列車で旅に出るの。特に観光はしないで、列車の中と泊まっている宿でひたすら読書し続けて、読み終わったら帰ってくる。学生時代からそういう旅行が趣味だったんだって」

「外で本読んでるだけじゃん……」

恭一郎は呆《あき》れて言った。それを読書以外の楽しみとは普通呼ばない。

「そんな変な人とよく結婚したね」

そういう人間を本の虫と呼ぶらしい。扉子から聞いた。

「わたしも本が大好きだったから、そんなに違和感はなかったかな。こう見えても昔は文学少女だったし。大学でも文学部に入っていて、研究者になりたいと思ったこともあったぐらい」

「そうだったんだ……」

全然知らなかった。相づちを打つ恭一郎に、佳穂は身を乗り出して話を続ける。

「卒論のテーマが明治時代の女性作家で、資料を捜しに入った古書店の一つが虚貝堂だったの。康明さんとはそこで知り合って、お付き合いが始まったわけ。彼は昔のミステリが好きで、本の趣味は違ってたけど……だからこそお互いの好きな作品を薦め合う楽しさもあった。それから何年か経って、結婚することになったの」

つまり母も本の虫だったわけだ。両親の馴《な》れ初《そ》めも初めて聞く。確かに相手の話に耳を傾けるのは大事だ。色々と新しい発見がある。

「そんなに本が好きだったわりに、今は全然読んでないよね」

「あなたが小さい頃は子育てと仕事でそれどころじゃなかったし……しばらくは本を見るのも嫌だった。一番つらかった時期をどうしても思い出してしまったから。最近はそこまでではなくなったけれど、まだ人前で本を読んだり、誰かと本の話をする気にはなれない」

そういえば、子供の頃もほとんど絵本を読んでもらっていないし、読書を勧められた記憶もない。きっとそういう理由だったのだ。

「失踪したのって、俺が生まれる前？　あなたの名前を考えたり、必要なものを買ったりしてた頃。ちょうど虚貝堂の仕事も忙しくてね。康明さんも疲れて、ふさぎこんでいるみたいだった……子供が生まれたらもっと忙しくなるから、読書旅行でもしてきたらってわたしが言ったの。東海道線で神戸《こうべ》へ行くって出発して、いつまで経っても戻ってこなかった。連絡もまったく取れなくなって」

他人事《ひとごと》のようにさばさばと語っていた佳穂は、そこで初めて深く息をついた。気持ちを落ち着かせるように、コーヒーを一口飲む。

「警察にはもちろん捜索願を出したけど、神戸で足取りが途絶えていた……何日か泊まるはずだったホテルも、康明さん本人がキャンセルしてたことも分かって。自分で姿を消したんじゃないかってことになったわけ。わたしにはそれ以上捜しようがなかった。もうあなたが生まれてたし」

「……そっか」

恭一郎は相づちを打つ。こんなに長い時間、母と会話するのは本当に久しぶりだった。

「その頃はまだ虚貝堂の二階に住んでいたけれど、わたしが体調を崩してしまって。そりゃそうよね、心身ともにボロボロだもの。杉尾さんも亀井さんもわたしをフォローしてくれてたけど、精神的に受け止められる状態じゃなくて……ある日突然、母のいた茅ヶ崎のマンションに戻ったのね。ほとんど荷物も持たないで、あなたを抱っこして。それっきり、戸塚には帰らなかった」

「……お父さんに、腹を立ててた、ってこと？」

突然、佳穂の顔から表情が消える。自分の心を探るように、目を上げて遠くを見た。

「それとは少し違うかな。ああいう時の母親の心って、言葉ではうまく説明できない……あなたには、分からないと思う」

母は硬い声でつぶやく。一瞬、目の前にいるのが知らない相手のような気がした。

再び口を開いた時には、もういつもの母に戻っていた。

「とにかく、杉尾家から離れたかったのね。康明さんのことはすっぱり忘れて、杉尾家から無関係にあなたを育てたかった……わたしの体調が回復した後は仕事に就いて、三年あとに離婚の手続きを取ったわけ」

恭一郎は自分の遠い記憶を辿る。物心ついた時は茅ヶ崎駅に近いマンションに住んでいた。母方の祖母も一緒だったことをうっすら憶えている。

「おばあちゃんのマンションから引っ越したよね。小出川《こいで》沿いのすごく古い家に」

「あのボロい借家ね。家賃が安かったから……おばあちゃんが脳梗塞で倒れて、マンションを売って老人ホームへ入ることになっちゃって。あの頃が一番お金に困ってたかな……でも、離婚が成立してすぐの頃、うちに来た杉尾さんがまとまったお金を置いていってくれた。五〇〇万円ぐらい」

思ったよりも多い金額だった。用意するのも大変だったんじゃないだろうか。

「最初は断ったんだけどね。康明さんには恭一郎の名前をつけてもらった、それ以上はなにも受け取る気はありません、って啖呵切ったりして。そうしたら杉尾さんが、『息子の不始末でこうなった。これだけは受け取ってほしい』って土下座して……さすがに断れなかった。それで一息つけたの」

頭の中で整理する。父が失踪した後で恭一郎が生まれ、母は実家に帰る。母方の祖母が病気に倒れ、住むところをなくして借家へ引っ越す。三年後に離婚が成立、その後で杉尾から金を受け取る――母への同情をさすがに抑えられなかった。最後の資金援助以外は酷《ひど》い目にしか遭っていない。

「その後、お父さんが戻ってきたってこと？」

「そう。見つけてくれた人がいたみたいで……あなたはもう五歳になってた。ああ、パパとはまだ付き合ってなかったからね。告白はされてたけど」

恭一郎は聞かなかったふりをした。打ち明け話を受け止めるキャパにも限度がある。実の父親の過去だけでお腹《なか》いっぱいだ。養父と母親の恋愛話まで知りたくない。

「五年間、お父さんはなにしてたの」

やっと一番訊きたかったことに辿《たど》り着《つ》く。佳穂がぐっと奥歯を噛むのが分かった。包み隠さず話してくれたが、これまで触れてこなかったつらい過去なのだ。

「康明さんは、事故に遭ったの」

佳穂はかすれた声で告げる。

「それで、記憶をなくしたんですって」

佳穂と別れてから、恭一郎はすぐに会場へ戻らなかった。気持ちを落ち着かせたかったからだ。

かといって外へ出られる天気ではなかったので、白っぽいライトに照らされた明るい売り場をしばらく歩き回った。客の姿はほとんどなく、営業時間が終わっているような雰囲気だった。

(康明さんは本当になにも憶えていなかったそうよ。自分の名前も)

母の言葉が蘇る。康明は旅行の行き先だった神戸に着いた後、予定を変えて九州まで足を伸ばした。フェリーを利用したらしいが、詳しいことははっきり分からない。とにかく、港周辺を散策するうちに海へ落ちてしまったのだ。低酸素性脳症による高次脳機能障害——病院ではそう診断されたそうだ。

身元を確認できるものは背負っていたバッグと一緒に沈んでいた。何十冊も本が詰まっていれば当たり前だ。退院した後は役所で新しい戸籍を作ってもらい、清掃業のアルバイトで生活していたところを発見されたのだった。

康明が佳穂のことをまったく憶えていなかったので、二人の復縁を望む者は誰もいなかった。本人の希望もあり、事故のことはできるだけ周囲に伏せていた。記憶は亡くなるまで戻らなかったという。

(医師の診断書も見せてもらったから、記憶を失ったのは間違いないと思う。でも、正直に言うと疑ってもいるの……本当に最後までなにも思い出せなかったのか)

確かに、と恭一郎は思う。家族についての記憶を全部失ったわりに、必ず毎年息子に会っていたし、会うことを少しでもためらう様子はなかった。会話は弾まないなりに、父が楽しんでいるのは伝わってきていた。

これまでに読んだ本の知識だって失ったはずだ。どうやって古書店の仕事に復帰したのだろう。そもそも、全然憶えていない仕事に就きたいと思うものなのか――。

実はどこかで、記憶を取り戻していたんじゃないのか？

恭一郎が会場に戻った時、時刻はもう五時を回っていた。窓ガラスを盛んに雨が叩いている。相変わらず客は一人もいなかった。神藤と亀井、それに扉子が古書の入れ替えをしているようだ。席を外しているのか、五浦と滝野の姿は見えない。

「……恭一郎」

カウンターの向こうから祖父の杉尾正臣が声をかけてくる。荷物置き場の手前にある椅子に腰かけて、鋭い目つきでこちらを見ていた。

「佳穂さんが来たそうだな」

「あ、はい……すいません。急にいなくなって」

「いや、どうせ客も来ない」

カウンター越しに向かい合ったまま、二人とも黙りこんだ。

父の康明がいなくなって、母だけではなく祖父も苦しんだはずだ。五年ぶりに帰ってきても、周囲の人間が誰かも分からない息子をどんな風に思っていたのか。話を聞いてみたいが、母以上に質問しにくい。

「あの……」

勇気を振り絞って声を出した時、

「社長、ちょっとこれ見てもらえますか」

スカジャンを着たスキンヘッドの亀井がこちらに歩いてくる。カウンターに函入りのハードカバーが二冊置かれた。筑摩《ちくま》書房《しょぼう》の『樋口一葉全集』の第一巻と第二巻。それぞれの函に「小説　上」「小説　下」と印刷されているので、小説が収録されている巻のようだ。

表紙には虚貝堂の値札も載っている。価格は三〇〇〇円。書名の下に「月報無　蔵書票有」と記されていた。これも父の蔵書なのだ。

「康明さん、樋口一葉も読まれてたんですね」

いつのまにか隣に立っていた扉子が、頭を下げてカウンターの古書に目を近づけている。函に髪がかからないように押さえるしぐさにどきっとした。

「佳穂さんから貰ったか、薦められたかしたんだろう。あの人の趣味だ」

「……そうなんですか？」

恭一郎が尋ねると、杉尾は呆《あき》れ顔《がお》で言った。

「なんだ、知らないのか。大学で一葉の研究をやっていたそうだぞ」

そういえばさっき、卒論のテーマは明治時代の女性作家だった、と言っていた。恭一郎も樋口一葉が明治時代に活躍したことは知っている。

「樋口一葉って、二十四歳で亡くなったんですよね」

没年齢は昨日から読んでいる『人間臨終図巻』で知ったばかりだった。祖父が意外そうに目を瞠る。

「そうです。生まれたのは明治五年で、亡くなったのが明治二十九年……近代小説そのものが黎明《れいめい》期だった頃に、女性の職業作家を目指したパイオニアの一人です。森鷗《もりおう》外《がい》や幸田露伴《こうだろはん》にも愛された天才ですね。読んだことあります？」

データも交えて一気に語ったのは扉子だった。語るのがよほど楽しいらしく、声を弾ませている。

「いえ……どういうのを書いてたんですか」

「晩年の短編は傑作揃《ぞろ》いですが、やっぱり一番有名なのは『たけくらべ』でしょうね。遊郭の近くに住む少年少女の淡い恋を描いた作品で、登場人物たちの生活がとてもリアルに描かれていて……一葉自身の経験も活《い》かされていると言われています。生計を立てるために、遊郭のそばで駄菓子や荒物を売るお店を経営していたので」

恭一郎はうなずきながら聞いていた。『人間臨終図巻』にも『たけくらべ』という作品名は出てきていた。貧困に喘《あえ》いでいたようなことも書かれていたと思う。

「小説じゃ儲《もう》からなかったんですね」

「そもそも不安定な原稿収入で生活するのは難しいですし、高等教育を受けていない若い女性だったというハンデもありました……それでも、ようやく人気が出始めた矢先に、病に倒れてしまったんです。一葉の短い人生はほぼ借金との戦いです。そういう人物の肖像が五千円札に使われたのは、とても皮肉な話ですよね」

「そうか、お札の人だ」

恭一郎もとりあえず樋口一葉の顔を思い浮かべられる。紙幣で目にする機会が何度もあったからだ。

「五千円なんて金額、一葉は生きている間に想像したこともなかっただろうな。今の時代とは貨幣価値はまったく違うが」

杉尾が鼻先で笑った——ふと、恭一郎は首をかしげる。そういえば、どうして一葉について話をしているんだろう。全員の視線が亀井に集まった。

「ああ、そうそう。五千円札。その話をしに来たんですよ」

我に返ったように言い、手慣れた手つきで第二巻の函から本を取り出した。

「今、こいつの袋がちょっと破けてることに気が付いたんですよ。たぶん午前中に来た客がどこかに引っかけたんだろうけど、交換するついでに一応中身を確認したら、こんなものが挟まってて……」

下巻のページがぱっと開かれる。樋口一葉の上半身が印刷された五千円札が挟んであった。折り目や皺はまったくない、きれいな紙幣だった。まるでたった今、出来上がったばかりのようだ。

「こんなものが挟まってて、ってお前な」

杉尾が渋い顔で舌打ちする。

「値付けの時に本の状態をきちんと確認しなかったのか？　ド素人みたいなミスしやがって」

「すいません。うっかりしてました……」

亀井は大きな背中を縮めて謝った。萎《しお》れきった様子に、杉尾も言い過ぎたと思ったらしい。

「まあ、近代文学関連の康明の蔵書を出せるだけ出せって、直前に急《せ》かしたのは俺だからな……気をつけてくれればいい」

「この五千円札、康明さんがここに挟んだんでしょうか」

扉子が尋ねると、杉尾が顎を撫でた。

「そういうことだろうな。しかし、なんでこんなところに金なんか……へそくりってわけでもねえだろうし」

「理由はともかく、大事なのはここですよ」

亀井はそう言って「日本銀行券」の上に印刷された数字とアルファベットを指差した——「Y000005Y」。恭一郎は目を丸くした。こんなにゼロが並んだ番号は見たことがない。

「ゼロ並びの数字だけじゃなく、最初のアルファベットが一文字なのも珍しいんです。このアルファベットと数字……記番号っていうんですけど、ここは一枚一枚全部違うじゃないですか。当然、紙幣が増えれば記番号が足りなくなってくる。それで最初のアルファベットを一文字から二文字に増やすんです。一文字の紙幣は一桁ナンバーって言って、それだけでもかなりレアなんですよ！」

興奮した亀井の声がだんだん大きくなってくる。会場にいる他の古書店主たちもこちらを振り返っていた。恭一郎には今一つ理解できなかった。レアな記番号だとどんな風に凄いんだろう。

「珍しい記番号の紙幣はコレクターの間で高く取り引きされている」

祖父が説明してくれる。紙幣を集めるコレクターがいるのを初めて知った。映画パンフレットを集めるのもそうだが、本当に様々なジャンルにマニアはいるのだ。

「俺も紙幣の相場には詳しくないが、こういったものは数万円……いや、もっと高値で取り引きされる場合もある」

「え……」

恭一郎は絶句した。紙幣の金額よりもはるかに高額だ。デザインは他の紙幣とまったく変わらないように見える。

「店とかで使ったら、普通に五千円なんですよね」

「それはそうだな。あくまでコレクターに売った場合の話だ……需要が多く供給が少ないものには稀少《きしょう》価値がつく。古書の相場と同じだな」

祖父が「Y00005Y」の紙幣を手に取った。

「康明はどこでこれを手に入れたんだ」

「二、三年前の宅買いで。亡くなったお客さんの蔵書を買いに行ったら、一緒に買ってくれって奥さんが出してきたみたいです。うちの商品にはならないし、自分で買って私物にするって康明さんは言ってました……俺も見せてもらいましたけど、確か全部で五枚だったはずです。これは末尾の数字が『5』ですけど、『1』から『4』までの数字が入った五千円札もありました」

「つまり五枚の連番ということか。ますます価値があるな」

杉尾がつぶやいた。

「でも、他の四枚はどこに行ったんですか？」

と、扉子が尋ねる。亀井は一瞬黙りこんだ。

「俺も知らないですね……そういえば、どうしたんだろう。康明さんの部屋にも見当たらなかったし」

そこへドドンパ書房の神藤がカウンターの内側に入ってきた。杉尾の持っている五千円札に目を留める。

「ああ！　それ、わたしが昼過ぎに避けといたやつですね。虚貝堂さんに訊こう訊こうと思ってころっと忘れてました。ごめんなさい」

彼女はぺこっと頭を下げて、壁際の長テーブルにあった一冊の古い本を持ってきた。青っぽい花柄の表紙には文字はなにも印刷されておらず、背表紙にだけ書名があった――『樋口一葉研究』。話が理解できず困惑する恭一郎たちに、神藤は早口で説明を続けた。

「虚貝堂の皆さんが食事に出て、わたしと滝野さんが店番してる間に、お客さんが状態を確認したいってこの本をカウンターに持ってきたんですよ。袋を開けて見てもらったら、中からやたらきれいな五千円札が出てきて。お客さんは買わないで帰ったんですけど、お金が挟まってるものを売り場に戻すわけにもいかないじゃないですか。それで、ついここに置きっぱなしにしちゃって……」

「あのね、ちょっと待って下さい、神藤さん」

タイミングを窺っていた亀井がようやく口を挟んだ。

「社長が持ってるこの五千円札は、俺が今売り場で見つけたもんなんですよ。こっちの全集の端本に挟まってて」

と、『樋口一葉全集』の一巻と二巻を指差す。状況を説明すると、今度は神藤が困惑する番だった。

「えっ、でも五千円札はこの本に……」

そう言いながら『樋口一葉研究』を開く。薄い和紙に書名が印刷された扉のページに、折り目一つない五千円札が挟まっていた。

「あれっ？」

亀井と神藤が同時に声を上げる。五千円札がもう一枚見つかってしまった。カウンターの前に集まった一同は、二枚の五千円札をレジの横に並べる。新しく見つかった紙幣の記番号は「Y000003Y」だった。

「これって……」

恭一郎は皆の顔を見る。樋口一葉に関係する古書二冊に、レアな五千円札が一枚ずつ挟まっている。そして父の康明は、同じような五千円札をあと三枚持っていた。ということは――。

「一葉関係の古書、売り場から全部回収してきます！」

「あっ、わたしも手伝いますよ！」

走っていく亀井の後ろを神藤がついていった。恭一郎は二人を追わなかった。紙幣よりもカウンターに残っている古書が気になったからだ。近くにあった『樋口一葉研究』を手に取って目次を開く。「一葉の作品に現はれた女性」とか「一葉女史の日記について」といった、樋口一葉についての文章が収録されているようだ。

ぱらぱらめくって終わりの方の奥付ページに行き着く。「昭和十七年四月十五日発行」と印刷されている。

「昭和十七年って……」

「一九四二年です」

扉子がぱっと答えた。いつのまにかカウンターの向こう側から『樋口一葉研究』を覗きこんでいる。

「すごい昔ですね」

当たり前の感想を口にしてしまう。そんな時代の本がこうして残っているのも不思議だった。父の康明が手に入れる前にも、きっと何人もの持ち主がいたはずだ。この古書市で売れれば次の持ち主に渡る。このバイトの話をした時、祖父もそんなような話をしていた。

「確かに大昔ですけど、この本が発行されたのは、一葉の死から五十年近く経ってからなんですよね。一葉が亡くなったのは明治二十九年……一八九六年なので」

「それは新世社が刊行した一葉全集の別巻だな。本当は函もあるはずなんだが」

杉尾が椅子に座ったままで言った。

「一葉と関わりがあった人物の手記をはじめ、一葉についての文章がかなり網羅されている。途切れることなく読まれ続け、研究されてきた作家ってことだ」

「どういうところに、人気があるんですか」

恭一郎の質問に、祖父は少し考えこんだ。

「人物の心理描写や情景描写の美しさ、テーマの普遍性は評価されることは多いが、要は読者の共感を呼んだってことだろうな。一葉は古い因習や貧困、家族や夫婦のしがらみに縛られ、もがき苦しむ女をよく描いていた。『たけくらべ』は確かに瑞々《みずみず》しい作品だが、『にごりえ』『別れ道』『十三夜』のような、大人の女を主人公にした短編の方が優れていると思う……特に『十三夜』が俺は好きだな」

好きだと口にした途端、祖父は照れくさそうに口をつぐんだ。つい自分の素直な感想を口にしてしまったせいだろう。古書店を長年経営しているこの人も、十分すぎる「本の虫」なのだ。

「はいっ！　わたしも『十三夜』、大好きです！」

すかさず扉子が手を挙げた。杉尾が苦笑いを浮かべる。まったく年齢の違う二人の意見が合って、恭一郎は興味をそそられた。

「どんな話なんですか」

「裕福な役人のもとに嫁いだお関という女性が主人公です。長年の冷酷な夫の仕打ちに耐えかねて、十三夜の夜更けに実家に逃げ戻るんですが、実の両親に説得されて結局は夫のもとへ帰らざるを得なくなる……」

「……暗いな」

思わず感想を洩らすと、扉子が大きくうなずいた。

「そう！　だからこそ心に残るんです。その帰り道で昔思い合っていた幼馴染みの男性・録之助《ろくのすけ》に偶然再会します。裕福だけれども夫に虐げられているお関、彼女への未練から自暴自棄になって落ちぶれた録之助、昔とはすっかり変わってしまった二人は、互いへの思いを口にすることもなく、大通りで別れてそれぞれの場所へ帰っていくんです……」

ふと、恭一郎は『樋口一葉全集』を見下ろした。一枚目の五千円札が挟まっていたページが開きっぱなしになっている。ちょうど『十三夜』の結末あたりのようだった。

廣小路《ひろこうぢ》に出《いづ》れば車《くるま》もあり、阿關《おせき》は紙入《かみい》れより紙幣《しへい》いくらか取出《とりいだ》して小菊《こぎく》の紙《かみ》にしほらしく包《つつ》みて、録《ろく》さんこれは誠《まこと》に失禮《しつれい》なれど鼻紙《はながみ》なりとも買《か》つて下《くだ》され、久《ひさ》し振《ぶり》でお目《め》にかゝつて何《なに》か申《まをし》たい事《こと》は澤山《たんと》あるやうなれど口《くち》へ出《で》ませせぬは察《さつ》して下され、では私《わたし》は御別《おわか》れに致《いた》します

想像よりもずっと読みにくい。まるで古文みたいな文章だが、リズムがあって言葉そのものは不思議と頭に入ってくる。こんな経験は初めてだった。ここは扉子の語った別れのシーンらしい。紙幣、という言葉に目が吸い寄せられた。主人公は昔の思い人に金を渡しているのだ。

このページに五千円札が挟まっていたのは、ただの偶然だろうか。

「とりあえず、これだけ見つけましたよ」

そこへ亀井と神藤が古書を手に戻ってきた。亀井はとんでもなく大きな函入りの本を抱えている。『樋口一葉日記　上・下』。岩波書店。きちんとビニールに覆われていた。

「日記って……日記が出版されてるんですか？」

恭一郎は驚いた。プライバシーとかどうなってるんだ？

「昔の作家の日記が出版されるのは珍しくないぞ。有名な文豪の日記は大抵全集に収録されている。特に一葉の日記は日記文学としての評価が高い」

祖父は当たり前のように説明する。値札によると価格は二万五千円。やはり「蔵書票有」と記されていた。

「これ、わたしも初めて見ます！　一葉が十代から付けていた日記を、原本のまま写真製版した影印版ですね！　すごい……」

きらきらと目を輝かせて、扉子は杉尾を振り返った。

「わたし、開けちゃっていいですか？」

いいぞ、と杉尾が答えるのと同時に、プレゼントでも貰ったみたいにビニールを剝がし始めた。布で装丁された本を函から出し、素早くめくっていく。日記は毛筆の草書で書かれていて、内容はまったく分からなかった。

「やっぱり達筆ですね！　一葉は美しい書を残したことでも知られているんです……明治中期、庶民にはまだ鉛筆が普及していなかったので、一葉の直筆は毛筆以外に残っていません……あ、あった」

楽しげに蘊蓄《うんちく》を語っていた扉子が、上巻の中ほどに挟まっていた五千円札を手に取った。記番号は「Y０００００４Y」。

「こっちもありましたよ」

神藤は自分が持ってきたハードカバーから紙幣を抜いた。そちらは「Y００００００２Y」。これで全部で四枚になった。残るはあと一枚──「Y０００００１Y」だ。亀井たちがカウンターに紙幣を並べているのを横目に、恭一郎は神藤が持ってきた本を眺めていた。『樋口一葉日記』と違って普通のサイズだ。書名は『かしこ　一葉──「通俗書簡文」を読む』。著者は森まゆみ。

「これ、すごく面白いんです。『通俗書簡文』を解説した本なんですけど」

扉子が笑顔で説明してくれる。本について語る時、彼女の声はとても美しく響く。いつまでも聞いていられる声だと思った。

「『通俗書簡文』ってなんですか?」

「手紙の書き方を教えてくれる実用書です。通俗、というのはこの場合『一般向き』ぐらいのニュアンスだと言われています。どんな時にどんな手紙を出したらいいのか、シチュエーションごとに文例が載っています。昔の人にとって手紙のやりとりはとても重要だったので、こういう手紙の指南書も多く出版されていたんです。『通俗書簡文』もその一つですね。一葉が書いたものです」

うなずきながら聞いていた恭一郎は、そこで耳を疑った。

「樋口一葉が手紙の書き方の本を書いてたんですか?」

「はい。生前に一葉が世に出した唯一の著書なんです」

「え……小説の本は?」

小説家なのだから、小説の本を出していると思っていた。扉子は首を横に振る。

「小説は文芸雑誌に発表されていましたが、本の形にはまとまっていなかったんです。この本を執筆したのはもちろん生活のためですが、豊富な文例には一葉の文学的才能が発揮されています。時候の挨拶やお祝い、謝罪の手紙といった一般的な文例だけではなく、変わったシチュエーションのものも多いんです。愛犬がいなくなったことを友だちに伝えたりとか、退学しようとしている友だちを諌《いさ》めたりとか……」

「……最後に載っている文例は、父親を亡くした子供に送る手紙だったな」

祖父がぽつりと言った。

「一葉自身も十七歳で父親を亡くしている。否応《いやおう》なく家計を担わされ、生活苦に喘ぐようになったのはそれからだ」

十七歳なら今の恭一郎とあまり変わらない。名前しか知らなかった遠い時代の小説家が、急に身近に感じられた。

「ん？　待てよ」

ふと、祖父が杖を突いてゆるゆると立ち上がった。神藤と一緒に四枚の五千円札を眺めている亀井に声をかけた。

「おい亀井、一葉関連の本なら、それこそ『通俗書簡文』の原本が売り場になかったか？　確か康明は一冊持ってたぞ。大正時代の重版本だったが、わりと状態もよかったはずだ」

一瞬、亀井は意表を突かれた様子だった。それから「見てきます」と言って、売り場へ向かっていった。

「『通俗書簡文』は充実した内容から、何十年も売れ続けるロングセラーになりました。死後に高まった一葉の名声のせいもあったかもしれません」

亀井の背中を見ながら、扉子が説明をしてくれる。

「実用書なので状態のいいものは貴重で、重版本でも結構値がつく場合があるみたいです……ありましたよね？　あれ、違ったっけ……？」

だんだん自信がなくなってきたらしい。頭を抱えている扉子に、杉尾が助け船を出した。

「一葉は直筆の書簡や和歌の短冊といったものの方が人気は高いが……『通俗書簡文』も最近はあまり美本が出ないからな。カバーがあって状態もよければ、重版でもそこそこ値はつく。俺なら二、三万はつけるな」

思ったよりも高い。レジの前で話を聞いていた神藤が、ぎゅっと顔をしかめた。

「わたし、あの本で失敗したことあるんですよ。表紙にも奥付にも一葉の名前がないし、本文にもちょっと分かりにくいところに書かれてるじゃないですか。ただの古い実用書だと思って、初版を三千円で売っちゃって。お客さんが後からネットに画像アップして大喜びしてましたね……」

「そういうミスはよくある。特に若いうちはな。うちの亀井なんか、今もたまに値付けに失敗してる……気にするな」

杉尾が仏頂面に似合わないフォローを入れた。昨日から思っていたが、祖父は意外と気配りを欠かさない人だった。そこへ肩を落とした亀井が戻ってくる。後ろめたいことでもあるのか、妙に目が泳いでいた。

「……売り場にはなかったです」

「売れちゃいましたかね」

神藤が言うと、扉子はきっぱりと否定した。

「そんなはずはありません。わたし、昨日レジを締めた時も、さっきも仮締めをやった時も、全部の値札を見て憶えてます。『通俗書簡文』はまだ売れてません。品出ししたなら、まだ売り場にあるはずです」

今さらっと口にしたが、この二日間で大量の古書が売れていて、値札も相当に多いはずだ。それを扉子はレジを締める時に見ただけで憶えている——恭一郎以外は誰も不思議に思っていないようだった。

「……いや、今日売れたぞ、それ」

意外なところから声がした。いつのまにか会場の入り口に滝野が現れていた。新しい商品を取りに行っていたらしく、紐《ひも》で縛られた古書を台車に積み上げている。同じように台車を押した五浦も入ってくる。

「さっきレジを開けた時に『通俗書簡文』の値札を見た。妙に値段が安かったから、おかしいって五浦と話してたんだ。なあ？」

「そうですね」

同意を求められた五浦がうなずく。妙に値段が安い、と聞いた途端に亀井の顔が青ざめている。

「え、そんな……」

扉子はレジのドロワーを開ける。コイントレーを持ち上げると、クリップで各店ごとにまとめられた値札が収まっている。その上に一枚だけ虚貝堂の値札があった。

『通俗書簡文』博文館
二五〇〇円
蔵書票有

扉子がカウンターに値札を置いた途端、しんと会場が静まり返った。全員が亀井の方を振り返る。スキンヘッドの頭頂部まで血の気を失った亀井が、しょんぼりとうつむいていた。

「亀井……お前、またこんなミスを……」

杉尾が深いため息をついた。

「すいません、社長……なんか妙な気はしたんですけど、ただの古い実用書だろうと思って……」

今にも泣き出しそうな声で謝った。さっき神藤が口にした失敗談とまったく同じことを、勤続二十年の亀井がやってしまったのだ。


「まったく、ずいぶん客に儲けさせたもんだ」

杉尾は小言を口にする。しかし、その声は少し笑いを含んでいた。

「本当に気をつけろよ」

何度も謝罪を重ねようとする亀井を遮って、すっぱり話を終わらせる。

その横で恭一郎は五浦と滝野にこれまで起こったことを説明していた。康明が以前手に入れた五枚のレアな五千円札を、樋口一葉関連の蔵書に一枚ずつ挟んでいたこと。その最後の一枚は『通俗書簡文』と一緒に売れてしまった――。

話を聞き終えたところで、ふと五浦が口を開いた。

「どうしたんだ、扉子」

さっきから扉子はレジの前から動いていない。いつのまにか引っ張り出した記録紙を元に戻しているところだった。レジの記録を確認していたらしい。

「……先輩？」

恭一郎も声をかける。長い沈黙の後で、彼女は意を決したように口を開いた。

「皆さん、聞いて下さい」

皆の視線が眼鏡の少女に集まる。なにか嫌な予感がした。

「レジの記録を確認したら、やっぱり『通俗書簡文』らしい品物は売れているみたいでした……レジを打ったのはどなたですか？」

誰からも返事はない。困惑気味に互いの顔を眺めているだけだ。おかしな話だった。誰かがレジを打たない限り、記録が残ることはない。

「わたしと樋口くんがレジの仮締めをした時、『通俗書簡文』はまだ売れていませんでした。その後、この会場には一人もお客さんは来ていないんです」

恭一郎は息を呑んだ。それはつまり――。

「この中の誰かが、売り場にあった『通俗書簡文』を安値で買ったってことか。あの五千円札と一緒に」

一同の顔を順々に見ながら、杉尾が鋭い声で言った。

「……確かに客がいなかったから、このカウンターには誰もいない時間が多かった。

俺も含めてな。みんな会場にも入れ替わり立ち替わりで、誰がいつなにをしているかなんて、お互い気にも留めていなかった。こっそりレジを打つ機会はいくらでもあったろうな」

唇の端をゆがめて、杉尾は冷ややかに笑う。

「同業者相手にずいぶん儲けたものだな。その上、名乗り出ようともしない。亀井のミスだから仕方ないが、少々意地が悪すぎるんじゃないのか？」

気まずい沈黙が会場を覆う。五浦が娘に向かって言った。

「扉子、レジが打刻された時間はどうなってる？」

「実ははっきりした時間が分からなくて……仮締めの後ってことしか。インクが少なくなっていて、ところどころ記録紙の数字が読めないの。仮締めの時に補充しなきゃって思ったんだけど、わたしもうっかり忘れてて」

レシートの数字が読みにくいことは恭一郎も気付いていた。扉子が忘れたのは、恭一郎が自分の父親の話を始めたからだ。買った人間の特定をさらに難しくしてしまった。

「あれ、防犯カメラは？」

恭一郎はエスカレーターのそばにある案内看板を思い出していた。「防犯カメラ作動中・大型の手荷物はお預かりする場合があります」という注意書きがあったはずだ。

すると、滝野が決まり悪そうに首を振った。

「あれはハッタリだ。ここは普段、売り場ではなくイベントスペースだからな。カメラなんて設置されていない。ああいう注意書きがあれば、万引き防止に多少は効果があると思ったんだ」

誰も驚いていない。恭一郎以外の全員が知っている話だったようだ。

カウンターの周りにいる大人たちを見回す。この中で誰が『通俗書簡文』と五千円札を手に入れたのだろう。怪しい素振りのあった人はもちろんいない。全員がミスを犯した亀井に同情しているようだった。けれども、誰かが平然と嘘《うそ》をついているのだ。貴重な古書や紙幣を手に入れようとするより、そのことの方が怖い。

（ん？）

ふと、恭一郎の頭に素朴な疑問が浮かんだ。

「買っていった人が欲しかったのって『通俗書簡文』の方なんですか？　それとも五千円札の方ですか？」

と、扉子に尋ねる。

「もちろん、当初の目的は古書でしょうね。紙幣が挟まってるかどうかなんて、知りようがないですし」

打てば響くように答える。なるほど。疑問が解けた――いや、そうとも限らないいんじゃないのか？　恭一郎は『樋口一葉研究』を手に取った。

「でも、この本は五千円札が挟まったまま、カウンターの中に置きっぱなしになってたんですよね。それを見れば、樋口一葉の本にレアな五千円札が挟まってる、とかは分かるんじゃないですか？」

「それは他の紙幣の存在を知っている場合だけです。そのことは亀井さんしか知りませんでした。万が一亀井さんが紙幣を手に入れようとしたのなら、普通に本から抜き取ればいいだけです」

「ちょっと、俺はそんなことしませんよ！」

亀井がむっとした顔で抗議する。確かにこの人が五千円札を盗もうとするわけがない。そもそも、最初に見つけたのは亀井なのだ。

「だから目的は古書の方なんです。もちろん、その場合に重要なことは『通俗書簡文』が一葉の著書だと知っているかかんん？　あれっ？」

突然、扉子が話の途中でいきなり叫び声を上げた。そのまま置物みたいに動かなくなる。みるみるうちに耳まで赤くなっていった。

「……どうした、なにか分かったのか？」

杉尾が声をかけると、彼女は我に返ったように息を吐いた。

「いえ……その、分かったというか……分かったんですかね……？」

なぜか力なく恭一郎の方を見た。そんな風に話を振られても困る。すると、亀井が耐えきれなくなったように口を開いた。

「社長も扉子さんもやめましょう。俺のミスですよ。どなたが買っていったっていいじゃないですか。盗まれたわけじゃないんだし」

「俺も同じ意見だ」

と、滝野がうなずいた。

「犯罪でもない以上、内輪で揉《も》めるのは馬鹿げてる。いいことはない」

「うん、確かに。買った人を特定しても実りなさそうですもんね。気持ちは分かりますけど」

神藤も同意する。恭一郎は扉子の様子が気になっていた。祖父が言ったとおり「なにか分かった」のは間違いない。それにしては妙に歯切れが悪いし、明らかに動揺もしている。大丈夫なんだろうか——ふと、自分だけではなく、五浦も扉子を心配そうに見ていることに気づいた。

五浦は恭一郎と目が合うと、ふっと微笑みかけてくる。ぎこちなく恭一郎も笑みを返した。扉子を心配する者同士、ほんのりと気持ちが通じ合った気がした。

急に咳払いの音が聞こえた。

「……確かに、犯人捜しなんてしない方がいいですね」

顔を上げた扉子が皆に向かって言う。もういつもの彼女に戻っていた。

「でも、五千円札の方は、たぶんこの会場に戻ってくると思います……それも、今夜中に」

古書店主たちは呆気《あっけ》に取《と》られた様子だった。


その後は閉店時間までなにも起こらなかった。

すべての仕事を終えて従業員用の通用口から外へ出ると、雨足は少し弱くなっていた。天気予報によると明日は晴れるという。

わたしは帰りますと扉子は言い残して、誰よりも早く駅の改札口へ向かっていった。

五浦と滝野は車を駐車場に停《と》めたまま、今日はこれから飲みに行くという。仕事でどこかへ行っていたビブリア古書堂の店主もこれから二人に合流するという。

「わたしもちょっと顔出していいですか？　久しぶりに栞子さんにも会いたいし」

そう言って神藤も五浦たちについていった。車で戸塚へ帰っていく杉尾と亀井を見送り、一人になっても恭一郎は藤沢駅の改札口へ向かわなかった。

デパートの裏にあるマクドナルドに行き、食事しながら時間をつぶした。退店直前、スマホに扉子からのショートメールが届いていた――「今夜『通俗書簡文』を買った人と会うつもりです。他の人たちに気付かれないように、一時間後にデパートの通用口まで戻ってきて下さい」という文面だった。

その指示通り、ぴったり一時間後にデパートの通用口へ行く。ビニール傘を差した扉子が待っていた。赤いパーカーの上に羽織ったデニムの白いジャケットがよく似合っていた。

「会場へ行きましょう」

とだけ言って、通用口の扉を開ける。父親の五浦がデパート側と話をつけてくれたそうで、入館証を見せるだけで警備員が中に入れてくれた。避難口への誘導灯以外、ほとんどの照明は消えている。スマホのライトを頼りに階段を上がっていった。

「……今日は、ありがとうございました」

前を歩いている扉子が突然言った。声も足音も建物の中で微妙に反響している。

「え？　なんの話ですか？」

礼を言われる理由をまったく思いつかない。

「買った人の目的が古書か、お札かって訊いてくれたでしょう？　あれで考えを整理できて……突然気が付いたんです。わたしは必要のない騒ぎを起こしただけだって。それで、すごく恥ずかしくなって」

扉子のおかしな叫び声がまだ耳の奥に残っていた。

「それって、どういう……？」

「説明したとおり、買った人の目的は五千円札を手に入れることではありえない……欲しかったのは『通俗書簡文』なんです。でも、安く手に入れようとしたわけでもなかった。気が付いたのはそこです」

「でも、安い値段で買ってましたよね。値札も残ってたし」

「そう、あの値札です」

扉子の声が階段にひときわ大きく響いた。

「あれをレジに残す必要はまったくありません。誰にも咎《とが》められずに『通俗書簡文』を手に入れたいなら、値札を捨ててしまえばいい……レジの金額は合わなくなりますが、逆に言えばそれだけのことです。そもそも、盗んだってよかったんです。どうせ売り場からこっそり持ち出すわけですし。値札がレジに入ってること自体が不自然だったんです」

「……そうですね」

わざわざ安く買ったという証拠を残したことになる。確かに不自然だった。

「値札がレジに入っていたのは、その人がただ普通に古書を買っただけだったからです。その時は隠す必要なんて感じていなかったんでしょう」

「そのわりには、名乗り出なかったですよね。五千円札のこととか、あの本の値段で騒ぎになった後も」

「ええ……だから、お金欲しさではない理由で、五千円札や『通俗書簡文』を返せない事情があった、と考えるのが自然です。とにかくはっきりしていることは、買った人はあの値札が安いと思わなかった……つまり『通俗書簡文』が一葉の著書だと知らなかったということです」

五階に着いた扉子たちは、会場に向かって歩いていく。通路の先に目を凝らすと、さっき閉めたはずの扉が開いていた。

「そのうちの一人は樋口くんです。でも、レジの仮締めが終わってすぐ、お母さんと話をしに外へ出ていました。会場へ戻ってきてからも、レジで一人になる機会はありませんでした……残るは一人だけです」

開いている扉から恭一郎たちは照明の消えた会場へ入った。カウンターの手前にスカジャンとスキンヘッドの男性が立っている。暗い室内ではサングラスを外していた。

「遅かったじゃないですか」

と、虚貝堂の亀井が言った。

「皆さんと別れてから大変だったんですよ。今夜中、なんて扉子さんが言うもんだから」

亀井はそう言って笑顔を見せた。スカジャンの肩に水滴がついている。傘を差す余裕もないほど急いでいたようだ。

「お、忘れないうちに置いとかないと」

彼は長財布からビニールに包まれた紙幣を出して、カウンターの上に置いた。窓からの薄明かりで樋口一葉の顔がうっすら見える。記番号までは見えないが、「Y000001Y」に違いない。

「なんで亀井さんがそれを持ってるんですか？」

三人の中で恭一郎だけが、真相をまったく理解していなかった。

「さっきまで持ってなかったんですよ。今、取りに行ってきたんです」

悪びれずに答えると、亀井は扉子の方を向いた。

「なにがあったのか、扉子さんには全部分かってるんですよね？」

「……だいたい見当はついていますけど、説明していただけると助かります。本当にただの憶測なので」

「うん。じゃあ、一からゆっくり話しますか」

カウンターの内側に入っていった亀井は、数時間前まで杉尾が使っていた椅子に腰かけた。

「あの『通俗書簡文』、俺が人から頼まれて買ったものなんです。言われてみれば確かに著者は一葉なんだけど、うっかり忘れちまってて。頼まれた時も書名しか聞いてなかったんですよ。先方もいちいち説明しなくても分かると思ってたみたいで……。まあ、無理もない話です。もちろん、俺は五千円札が挟まってるなんて知らなかったし、その人も気が付いてませんでした」

「その方とお会いして、五千円札を受け取ってこられたんですよね？」

「そう。駅前まで来てもらってね。めちゃくちゃ忙しかったですよ。社長を戸塚まで送って、東海道線に飛び乗って茅ヶ崎まで行って、また藤沢まで戻ってきたんだから」

茅ヶ崎。その持ち主は恭一郎と同じ町に住んでいるらしい。

「そこまで言えば恭一郎さんにも誰なのか分かるでしょう？　あの『通俗書簡文』はもともと康明さんのものじゃない……康明さんにあげた人がいるんですよ」

「あっ！」

どうして気が付かなかったんだろう。父に一葉の本を薦めたりあげたりしていた人物。同じ町どころではない。同じ家に住んでいる。

「……俺の母親ですね」

亀井はうなずいた。母は「藤沢へ来る用事があった」とはっきり言っていた。わざわざこんな雨の日に。きっと『通俗書簡文』を亀井から受け取るためだったのだ。

「康明さんにあげた一葉の本はほとんど惜しくないけど、『通俗書簡文』だけは別だって佳穂さんは言ってましたね。社長にあまり知られたくなかったんで、こっそり俺が買って佳穂さんに渡したんです」

考えてみれば母と亀井には繋がりがある。両親が結婚していた頃、亀井はもう虚貝堂で働いていた。昼間聞いた母の話の中にも、亀井の名前は出てきた気がする。

「わたしには、母や祖母のような知識や洞察力はないので」

扉子が妙な前置きでゆっくり語り始めた。

「どうしても分からないことがあるんです……康明さんが一葉の本にあの五千円札を挟んでいた理由はなんだったんですか」

「俺もそこはよく分からないんですよ。佳穂さんは、自分にお金を渡したかったんだろうって言ってました。佳穂さんが薦めたりあげたりした本に挟んでおけば、形見分けでどれかが佳穂さんの手に渡ると思ったんじゃないか、って……それが本当だとしたら、康明さんの狙いどおりになったんでしょうけど」

「でも、母は受け取らなかった」

恭一郎がぽつりと言うと、亀井はうなずいた。

「まあ、別れた夫からの金なんか、普通受け取らないですよ。ひょっとすると康明さんもそれを見越して、こういうやり方を取ったのかもしれない」

「そこまでして、どうしてお金を……」

扉子はしばらく考えこんでいたが、やがて諦めたように首を振った。

「分からない……わたしでは、駄目なんだ」

彼女はきつく唇を噛んだ。

この先輩に洞察力や知識が欠けているとはとても思えない。

けれども、このことに限っては、恭一郎には少し理解できる気がしていた。『樋口一葉全集』の紙幣が挟まれていたページは、『十三夜』の結末だった――「紙幣《しへい》いくらか取出《とりいだ》して小菊《こぎく》の紙《かみ》にしほらしく包《つつ》みて」。

二度と関わることのない、昔の思い人に金を包む。父のやったのも似たようなことだ。もちろん同情や心遣いではあるけれど、別の意味も含まれているかもしれない。もう会うことはない、互いの間にある線をはっきり引く――別れの意味で、金を贈ることはあるんじゃないのか？

「父は、最後まで本当に記憶が戻らなかったんですか」

気が付くと恭一郎は質問を口にしていた。最後まで思い出せなかったはずの母に、こんなに手間をかけてメッセージを送ったりするだろうか。この人なら真相を知っているかもしれない。

すると、ぴりっと亀井の口元が震えた。

「当たり前でしょう。戻らなかったですよ。疑うなんてやめて下さい」

怒気を含んだ低い声で言った。

「少しでも戻ったら、どんなによかったか……康明さん本人も、社長も、俺も、どんなに嬉しかったか。あの人はね、恭一郎さん。帰ってきてからずっと、必死に自分を取り戻そうとしてたんです。憶えてはいなくても、自分に大切な人たちがいることは分かってた。その人たちをどうしても思い出したかった。

だから昔と同じ家に住んで、同じ仕事をして、同じ生活をして……でも、記憶は戻らなかった。それでなにをしたのか、分かりますか」

恭一郎はまったく答えられなかった。扉子も同じように、ただ呆然《ぼうぜん》と立ちつくしているだけだ。

「本ですよ」

じれったそうに亀井が言った。

「自分が持っていた千冊の蔵書、それを片っ端から読んで、過去の自分がなにを好んで、なにを考えていたのかを学んでいったんです。康明さんの蔵書はね、あの人の頭の中と一緒だ。あの人そのものなんですよ」

唐突に亀井はポケットから一冊の本を出して、恭一郎たちに表紙を見せた。外から入ってくる光で『矢沢永吉激論集　成りあがり』の書名がかろうじて読めた。

「恭一郎さんも言われたことあるんじゃないですか？　自分が死んだら好きな本を持って行っていいって。あれには深い意味があると思う。大切な人に自分の一部を持っていて欲しい……きっとそういうことなんです。俺はこの本を貰いました。社長は『ゴジラの息子』のパンフを、佳穂さんは『通俗書簡文』を……できれば、恭一郎さんにもなにか持っていってほしい」

　暗がりの中で亀井はぬっと立ち上がった。

「そろそろ、俺は帰ります。明日も早いですからね」

　恭一郎たちの横を通りすぎて、亀井は会場から出て行った。祖父を思わせるような重い足取りだった。扉子は影のようにじっと動かない。今日ここで聞いた話を、必死で頭の中で整理しているように見えた。

　カウンターにもたれていた恭一郎は、虚貝堂の古書が置かれた棚のあたりに目を凝らした。そこには父の蔵書がまだ大量に眠っている。もうどこにもいないはずの父の気配が、かすかに漂ってくる気がした。

間章二・半年前

その大きな屋敷《やしき》は藤沢市内の片瀬山にある。

モダンなデザインを取り入れつつも、レンガ張りの外装と尖った切妻《きりづま》屋根を持つ洋館は、高級住宅地の中でもさほど目立っていない。むしろ主張の少ない落ち着いた佇《たたず》まいだ。

秋の日射《ひざ》しを浴びながら、一人の男が緩い坂をのぼっていく。屋敷の玄関でインターフォンを鳴らすと、中年のハウスキーパーが中へ入れてくれた。

一歩足を踏み入れた途端、建物の印象はまったく変わる。真っ先に目に付くのは本だった。天井までの高さがある特注の書架が、玄関ホールの壁を覆っている。灰色がかったガラスつきの扉が、ぎっしり詰めこまれた本を日光から守っていた。

男はハウスキーパーに案内されて廊下を歩く。両側にも玄関と同様の書架が並んでいた。一階は居住スペースも兼ねているはずだが、どこを向いても古今東西の背表紙が視界のどこかに入ってくる。けれども、ここはまだ序の口でしかない。鉄製のらせん階段を上がった先には、勾配天井の巨大な書庫が現れる。

　二階の大半を占める広い空間に、常人では手の届かない高さの書架が何列もそびえ立っている。一階と違って書庫の棚にガラス扉はない。窓のカーテンはすべて閉ざされ、照明も最小限に抑えられている。へリンボーン柄の床にはキャスターつきの踏み台が置かれていた。もちろん壁という壁も造り付けの頑丈な書架で覆われている。

　この屋敷ではすべての空間が本のためにある。住人以外のあらゆるものが本に奉仕しているのだ。

（ここは相変わらずだ）

　書庫の中を進みながら男は思う。彼自身も本に囲まれて生活している人間だが、この屋敷にはほのかな不安を感じる。生活を匂わせるものがほとんど見当たらなかった。個人の住居というよりは、公共図書館か文学館に入りこんだ気分だった。

　奥の壁には書架に挟まれたドアがある。ハウスキーパーに無言で促されるまま、彼は南向きの小部屋に入った。そこは一転して明るい応接室で、壁一面の窓から午後の日射しが差しこんでいた。二階では唯一書架のない場所だった。

　大きな窓からは、今しがた彼がのぼってきた片瀬山が一望できた。ずっと先に片瀬海岸があり、遠くには箱根の山々や富士山《ふじさん》の頂も見えていた。

「時間通りだったわね」

赤茶の革が張られた一人掛けのソファに、灰色の髪を長く伸ばし、黒いシャツとスーツに身を包んだ年配の女性が座っている。この屋敷の主だ。黒ずくめの彼女は人の形をした影のようだった。

名前を篠川智恵子という。

智恵子が自分の別宅を片瀬山に構えたのは五年ほど前のことだ。バブル期に建てられた古い邸宅を買い、自分好みに全面的なリフォームを施した上で、海外にある本宅から蔵書を運びこんだ。近くに住む娘夫婦にはなにも知らせなかった。

最初は月に一度、数日間滞在する程度だったが、最近はロンドンの本宅よりもここで過ごす時間が増えてきているらしい。そう遠くない時期に、本宅の方を引き払うという噂《うわさ》も耳にしていた。

「ご無沙汰しています」

男はきちんと頭を下げて、向かいのソファに座った。ふと、テーブルの上に置かれた小さな風呂敷《ふろしき》包みに気付く。ちょうど四六判のハードカバー一冊ほどの大きさだ。中身は本なのかもしれない。

「わざわざ呼びつけてしまって、申し訳なかったわ」

謝意のまったくこもらない声音だったが、智恵子は自分の手でティーカップに紅茶を淹《い》れてくれた。目の前にカップが置かれても、男は礼を言っただけで手を付けようとしない。鳩尾《みぞおち》のあたりに鈍い痛みがあり、なにかを口にする気分ではなかった。内臓の痛みは数ヶ月前からずっと続いている。今後激しくなることはあっても、痛みが消えることはもう絶対にない。

「坂を上ってくるのは大変だったでしょう……体調が悪いのに」

男は苦笑いを浮かべる。先月、末期の胃癌と診断されたことを、身内以外の誰にも明かしていないのだが。

篠川智恵子には物事を見通す洞察力と膨大な知識が備わっている。到底善人とは言いかねる彼女に弱みを握られ、利用されたことを恨む人間が多いことも知っている。けれども男はこの女性に悪い感情を抱いていなかった。

「今のところ体は動きますから。それに、あなたに呼ばれて断るわけがありません」

それだけの恩がある、と心の中で付け加える。

十数年前、男はそれまでの人生三十年分の記憶を失った。智恵子自身の口からではなく、人づてに聞いただけだが、彼女とも古くから縁があったという。

一時は失踪者として扱われていた彼が発見されたのも、智恵子が協力したおかげらしい。それだけで十分すぎる借りがある。けれども、最も恩を感じているのは自宅に戻ってからのことだった。

帰宅した時はすぐに記憶を取り戻せるだろうという甘い期待を抱いていた。しかし、何年経ってもまったく変化はない。古書店の仕事も一から学び直すしかなかった。ゼロになった対人関係を一から構築するのも難しく、自然と他人から距離を置きがちになっていた。誰にも悩みを相談できなかった彼は、たまたま顔を合わせた篠川智恵子にすべてを打ち明けた。

「無理に記憶を取り戻す必要はないでしょう。過去を失ったままで生きていくこともできるわ」

話の半分も聞かずに彼女は告げる。男は落胆した。それでは足りない。胸の内にあるのは元妻と息子のことだった。彼女は息子ともども別の男性と新しい家庭を築いているが、自分の失踪で他の誰よりも深い苦しみを味わった。前の自分を取り戻せなければ、そのことの重みすら理解できない。

「それなら、学習によって今の自分を過去に近づけるしかない」

智恵子は当たり前のように言った。

「あなたの場合、参考になるのは自分の蔵書ね。読書によってあなたの人格の多くが形づくられているから」

馬鹿げている、と思ったのは一瞬だけだった。昔の自分は確かに本ばかり読んでいたという。その記憶は失われたが、読書自体はまったく苦にならない。活字を読む習慣は記憶よりも深く染みついているのだ。

以来、彼はひたすら自分の蔵書を読み続けてきた。そこでも智恵子はアドバイスを与えてくれた。千冊ほどの蔵書からなにを読めばいいのか、そこからどんな嗜好《しこう》や趣味が見えてくるか。十代の頃に買ったらしい本から始めて、成長を辿るようにじっくり読み進めていった。

智恵子がただの善意で協力したとは思えない。時折、実験用のサンプルを眺めるような、冷ややかな視線を感じることもあった。しかし意図がなんであれ、彼女が自分を救ってくれたことに変わりはない。そのおかげで自分は間違いなく「杉尾康明」であり、「杉尾康明」としてものを考え、周囲の人々と接している――そう確信できる瞬間が増えてきていた。

読書は男にとって大きな力になった。しかし、それが誰にとっても素晴らしく、必要なものだとは考えていない。だからたまに会う息子にも読書を勧めたことはなかった。大きな力はたやすく呪いに変わるのだ。

片瀬山で智恵子と向かい合っている男は、ふと自分の方にも伝えたい話があったことを思い出した。

「来週から入院することになっています。どうも、かなり厳しい状況のようで」

そう、と相づちを打って、智恵子は紅茶を一口飲んだ。

「もし気が向いたら、俺の蔵書から好きな本をどれでも持っていって下さい。葬式が済んだ後にでも……まあ、同じものをほとんどお持ちでしょうけど」

唐突に男は提案する。自分より上手《うわて》の相手を驚かせたいという気持ちも多少はあったが、決して冗談のつもりはなかった。一緒に働いている父親や番頭格の従業員には既に同じことを伝えている。元妻や息子にも近々言うつもりだった。

智恵子は静かにカップを置く。

「分かったわ」

それまでと変わらない声で答える。残念ながらまったく驚いた様子はない。まるで事前にすべてを予想していたかのようだった。

「ところでわたし、あなたに売りたいものがあるの。今日、ここへ呼んだのはそのため」

彼女はテーブルに置かれていた、小さな風呂敷包みを開く。それは函に入った古書だった。赤い唇の間から歯を見せて、こちらを窺っている女の顔が函に大きく描かれている。男はあっと声を上げた。見覚えのある装釘《そうてい》だった。

幻魔怪奇探偵小説
ドグラ・マグラ
夢野久作著

(『ドグラ・マグラ』の初版!)

松柏館《しょうはくかん》書店版。昭和十年に刊行されたものだが、まるで昨日出版されたかのような美本だった。函のイラストにもヤケはなく、色鮮やかなままだ。彼は吸い寄せられるように手に取り、中の本を確認する。見返しを目にした彼は唖然とした。これは普通の初版本ではない。間違いなく相当の古書価がつく。

本文のページを開くと、有名な巻頭歌が目に飛びこんでくる。

胎児《たいじ》よ
胎児《たいじ》よ
何故《なぜ》躍《をど》る
母親《はゝおや》の心《こゝろ》がわかつて
おそろしいのか

「店の在庫にしてもいいし、あなた個人の蔵書に加えてもいい。好きにして構わない……今のあなたにぴったりの本だと思う」

ざわざわと胸が騒いだ。記憶には残っていないのに、遠い昔にも誰かから同じ言葉を聞いた気がする。

普段の彼ならこの古書を店の在庫にすることは決してない。日本探偵小説史上の三大奇書の一つとされ、読んだ者を狂わせるとさえ言われてきた特異な長編小説。記憶を失う前も失った後も、彼を魅了して止まない作品だ。

「いくらで、これを……？」

低い声で尋ねる。抑えきれない歓喜の中で、一片の警戒心を拭い去ることができなかった――この古書を自分に売る理由はなにか。

「言い値で構わない。ただ一つ、条件を呑んでくれれば」

視界の外から智恵子の声が妙に大きく響いた。男は目を上げる。智恵子は唇にかすかな笑みをたたえていた。すべてを見逃すまいとするかのように、サングラスの奥で大きく目を見開いている。鳩尾の鈍い痛みが存在感を増した。

「どんな、条件ですか」

「身構える必要はないわ。ただ、入院する時にこの本も持っていって欲しいの。どうせ病室にも何十冊も本を持ちこむのでしょう？　この一冊をそこに加えて。本当に、それだけ」

「なぜ、そんなことを……？」

返事はなかった。この場では言えない、言いたくない意図があるのだ。しかし、彼に見抜くことはできない。記憶が失われていなければ可能だっただろうか。それも分からなかった。

いつか誰かがこの古書に触れ、男の手に渡った経緯を突き止める日が来るのかもしれない。けれども、その時に自分はもう死んでいるだろう。最後まで事情を知らないままで。

今の彼に分かっているのは一つだけだ——自分がこの屋敷から出る時、きっとこの稀覯本《きこうぼん》を携えている。まるで窓からその光景を幻視しているように、いそいそと坂を下りる自分の背中をくっきりと思い描くことができた。

男は白日夢の中にいるような心地で、篠川智恵子と『ドグラ・マグラ』の前に佇んでいた。

最終日・夢野久作　『ドグラ・マグラ』

最終日・夢野久作『ドグラ・マグラ』

午後四時近くになっても、デパートの中には多くの客が残っていた。

ティータイムの時間帯は過ぎようとしていたが、デパートの二階にあるチェーン店のカフェは満席だった。持ち帰りでドリンクを買おうとする客も長い行列を作っている。俺たちはその一番後ろに並んでいた。

俺、篠川大輔——旧姓五浦大輔は藤沢駅近くのデパートで開催中の古本市に参加している。今日は最終日。一日目と二日目は雨に見舞われたが、今日はこの時間までよく晴れている。古書の売り上げも上々で、それなりの利益を出せそうだった。店を休んで参加した甲斐《かい》があったというものだ。

ランチタイムの後まで続いていた賑《にぎ》わいも少し落ち着いてきて、交替で休憩を取ることになっていた。参加している店が多いわりにレジは一つだけなので、売り場に最低限必要な人数が少なくても済むのはありがたい。

「夢野久作って四十代で亡くなってるんですよね。『人間臨終図巻』で読みましたよ。今、このバッグに入ってますけど……」

「それじゃ、もう上巻の真ん中ぐらいまで読んでるんですね。そうなんです。代表作の『ドグラ・マグラ』を発表したわずか一年後に、四十七歳で急死してしまったんです」

俺と一緒に並んでいる、高校生たちの会話が耳に入ってくる。一人は娘の扉子だ。昨日と一昨日着ていたお気に入りの赤いパーカーは洗濯中で、同じような形のグリーンのパーカーを着て、デニムのキュロットスカートを履いていた。

隣にはショルダーバッグを肩にかけた、すらっとした小柄な少年が立っている。人目を惹《ひ》くわけではないが、卵形の顔と整った目鼻立ちの持ち主だ。名前は樋口恭一郎。今日は扉子と色も形もそっくりのパーカーを着ている。たまたまかぶったらしい。

「変な意味はないです」と赤面しながら必死に説明する姿が微笑ましかった。控えめな性格で、真面目によく働いている。俺も含めて古書店主たちは全員好感を持っていた。

「夢野久作の作家活動は一九二六年に短編『あやかしの鼓』が雑誌の懸賞に入選して始まります。その少し前から『ドグラ・マグラ』の原型になる小説を書き始めているんです」

扉子は表情豊かにいきいきと語っている。高校生には珍しい話題のせいか、年配の一人客がちらっとテーブルから二人を見ていた。そういえば、扉子たちがどうして夢野久作の話をしているのか俺も知らない。会場を出てすぐ、飲み物を買いに行こうと俺が誘い、エスカレーターの方へ歩き出した時にはもう語り始めていた。

同年代と笑顔で会話する扉子を見るのは久しぶりだ。それだけで親としてはほっとする。長時間本が読めない体質だった俺とタイプは違うが、恭一郎というこの少年も本の話を聞くのが好きらしい。端で聞いていると栞子さんと自分の会話のようで懐かしい気持ちになる。最近、娘が本について喋る時の姿は母親によく似てきた。興奮するとだんだん声や身振りが大きくなるところもそっくりだ。

「その後、他の作品を執筆しつつ、編集者ともやりとりしながら脱稿と書き直しを繰り返しますが、なかなか出版までは至らず……それがおよそ十年間！　すごい執念ですよね！　そしてついに昭和十年、一九三五年に自費出版で『ドグラ・マグラ』が刊行されるんです！」

そう、栞子さんもこんな感じで——いや、ちょっと声が大きすぎるか。周りの客だけではなく、店員までちらちら扉子を見ている。注意しようと口を開いた途端、

「扉子、少し落ち着いて」

涼しげな声が響いた。注意したのは俺の隣に立っている眼鏡の女性だった。背中まで伸びた黒髪に、青いカーディガンとベージュのロングスカート。篠川栞子。俺の妻で、扉子の母親だ。昨日イギリスから日本へ帰ってきて、今日は朝からこの催事に参加していた。

「夢野久作名義でのデビュー作は確かに『あやかしの鼓』だけど、それ以前に他の筆名で童話や小説も執筆していて、著書もあるでしょう？　作家活動はもっと前から始めていると見るべきじゃない？」

予想していなかった方向からの注意だった。扉子が唇を尖らせる。

「えー、細かいよ。夢野久作名義ではそうなんだから、間違いってわけじゃ……」

「肝心の『ドグラ・マグラ』の話に間違いが含まれてるわ」

栞子さんがぴしっと反論を封じた。まだ続きがあるらしい。俺も聞いてみたくはある。ちょうど前の客がドリンクを買い終えて、俺たち四人が注文する番になっていた。とりあえず俺はエスプレッソを頼む。

「『ドグラ・マグラ』は自費出版ではないのよ。博文館や新潮社に出版を断られたけれど、版元となった松柏館書店は出版に積極的で、初版と六版の印税も作者にきちんと支払っている」

そういえばそうだ。思い出した。栞子さんから聞いたことがある。俺はもちろん『ドグラ・マグラ』を読んでいないが、この作品の出版経緯については以前に一通りレクチャーを受けている。古書店員である以上、そういう知識は欠かせないからだ。

「昔の教養文庫とか角川文庫の目録には、自費出版って書いてあったけど……」

「研究が進んでいなかった時代に、誤解が広まってしまっただけ。一九九〇年代以降の全集の解題はこのことも触れているわよ……あ、わたしは抹茶ラテをお願いします」

ようやく栞子さんが店員に注文してくれた。扉子と恭一郎はいかにも甘そうなハニーミルクラテ、さらにシュガードーナツと分厚い卵サンドを一人一つずつ頼んでいた。夕食前とは思えないカロリーを普通に摂《と》るあたり、さすが十代の高校生だと思う。

全員分の会計を終えてから、それぞれが自分の飲み物と食べ物を手にエスカレーターの方へ歩き出す。ふと、恭一郎が口を開いた。

「あの、どうして初版と六版の印税だけ支払われたんですか？　他にも二版とか、三版とかもあったんですよね」

思わず彼の顔を振り返る。栞子さんからレクチャーされた時、俺もほぼ同じ質問をしたからだ。初版と六版以外の、二版から五版までの印税はどこに行ったのか——本の話を聞くのが好きな人間は、似たところに注目するのかもしれない。よくぞ聞いてくれました、というように、栞子さんがにっこり笑った。

「松柏館書店から発行された最初の『ドグラ・マグラ』には、二版から五版までが存在しないようなんです。実際、古書市場に出回るのも初版と六版だけですし。当時の本にはこういういい加減な版数表示が珍しくありません。初版が存在しないと言われている本もあるぐらいです」

「なんでそんな……」

「売れているように見せたかったんじゃないでしょうか。出版当時は、あまり話題にならなかったようですし」

「そうなんですね……」

恭一郎が感心している。かつての俺も同じような反応を示したと思う。この少年への親近感が増した。

「ところで、二人はなんで『ドグラ・マグラ』の話をしてたの？」

エスカレーターの上で俺が尋ねると、緑色のパーカーを着た高校生コンビが顔を見合わせた。一瞬、きっかけを思い出せなかったのかもしれない。口を開いたのは扉子の方だった。

「あ、そうそう。さっき杉尾さんがカウンターの中で、最後に出す古書の値付けをしてたんだ。わたしたちは休憩に入る前までそれを手伝ってたんだけど、『ドグラ・マグラ』を手に取ったと思ったら、函をじっと見始めて……それがちょっと気になったの」

「どこから出版された『ドグラ・マグラ』？」

栞子さんが口を挟んだ。

「初版の復刻版だった。夢野久作の写真が大きく印刷されたカバーがかかってる……沖積舎が刊行したものだったかな」

それは俺も知っている。なかなか手に入らないような珍しい初版本は、その装釘を忠実に再現した復刻版が刊行されることがある。初版と同じ装釘で読みたい、書架に並べたいという本好きのニーズに応えるものだ。もちろんオリジナルの初版本よりははるかに安い。ビブリア古書堂でもよく扱っている。

「たぶんそれは……」

栞子さんが表情を曇らせる。

「康明さんの蔵書ね」

エスカレーターの上で誰もが黙りこんだ。そういえば、杉尾康明は夢野久作と同じ年齢で亡くなっている。俺は恭一郎の顔をちらっと窺う。父親の名前が出ても特に反応を示さなかった。

虚貝堂の杉尾正臣は、最終日の今日も息子の蔵書を売り続けている。何百万円もするような高価な稀覯本はないようだが、それでも五、六千円で売れる通好みの古書がかなり含まれている。復刻版の『ドグラ・マグラ』もそういう一冊だ。杉尾はそれらに市場価格より三、四割は安い値札を入れている。おかげで今回の古書市ではよく売れていた。全集やセットものも多いので、この三日間で百冊は人手に渡っているはずだ。

虚貝堂は来月にかけて他の催事にも参加するつもりだと聞く。春のうちにめぼしいものはほとんど杉尾家から消えているだろう。なんとしても息子の蔵書を売ろうという強い意志を感じる。栞子さんは朝から杉尾と話し合おうとしているが、聞く耳を持ってもらえなかった。

「ん？　康明さんがその復刻版の『ドグラ・マグラ』を持ってたって、どうして知ってるんですか」

俺は栞子さんに尋ねる。杉尾康明の蔵書を見たことはないはずだ。もちろん俺もない。

「昔、ビブリア古書堂で康明さんが買っていかれたからです。まだあの方が高校生の頃に……わたしもその場にいました」

杉尾康明が高校生の頃なら、栞子さんはまだ中学生になるかならないかだ。

「うちに古書を買いに来てたんですね……」

それは初耳だった。虚貝堂とビブリア古書堂は創業者同士の交流があったから、子や孫が行き来していても不思議はない。ただ、俺が働き始めてからは一度も来ていなかった。

「ええ、その頃はよく……康明さんはわたしの母と仲がよかったんです。母が色々な小説をあの方に薦めていて……まるで教師と生徒みたいに。『ドグラ・マグラ』もそういう一冊でした。『今のあなたにぴったりの本だと思う』って。たぶん、康明さんが買った初めての古書で、愛読書だったはずです」

顔をしかめないように努力が必要だった。エスカレーターを五階で降りた俺たちは、バックヤードの休憩室へ向かう。頭を占めているのは栞子さんの母親――篠川智恵子のことだ。彼女も杉尾康明と同じく、何年も家族の前から姿を消していた。

といっても、事情はまったく異なる。杉尾康明が記憶を失っていたことは、昨晩扉子から聞いて初めて知った。帰宅以降は古い顔見知りと付き合わなかったわけも分かったし、そういう事情なら当然だとも思える。

篠川智恵子が姿を消していたのは、シェイクスピアのファースト・フォリオ——完全なものは世界で数十冊しかない稀覯本を追うためだった。康明と違って一から十まで自分のエゴを優先させた結果だ。仕事を手伝い始めてから十数年経つが、俺たちは彼女に対する警戒を解いたことはない。悪意はまったくなくても、目的のためなら他人の感情など平然と無視する人だ。

実は今朝になって篠川智恵子から俺のところにメールが届いていた。文面は一言だけ、「今日、あなたたちに会いに行くつもり」。来るのが古書市の会場なのか、それともビブリア古書堂なのかも分からない。もちろん用件も書かれていなかった。

ただ、杉尾康明との繋がりがあったなら、例の蔵書をめぐる騒ぎと無関係とは考えにくい。栞子さんも同じことを考えているはずだ。

きっと今日、これから一波乱起きる。それだけは確信に近かった。

誰もいない休憩室に入ると、俺と栞子さんは長テーブルの前に並んで座る。扉子と恭一郎は席を外して、束《つか》の間《ま》二人きりになっていた。

「ふう……」

栞子さんがため息をついて、テーブルの下で両手と両足を突っ張るように伸ばした。

「疲れてるでしょう。少し休みます？」

と、俺は言った。昨日の夜は帰国した足で、居酒屋にいた俺と滝野と神藤に合流していた。古書店主たちから杉尾についての情報を得るためだ。その後、家に帰ってから家族三人で一日目と二日目の事件について話し合った。特に俺がその場にいなかった『通俗書簡文』と五千円札の件をめぐる一件の顛末《てんまつ》を扉子から聞かなければならなかった。

扉子は亀井から五千円札を取り返した後、恭一郎から話を聞いていた——母親の樋口佳穂が話したという、杉尾康明の失踪前後の状況についても。「この件に関わっている人たちの話を、じっくり聞いてきて欲しい」という栞子さんの指示をきちんと実行してくれた。本人ははっきり口に出さなかったが、自分には真相を見抜けない今回の件を、栞子さんに委ねようという思いもあったようだ。

一日目と二日目で起きた事件のあらましは、扉子のおかげで俺たちも細かいところも把握できていると思う。

「いえ、大丈夫です。家に帰ってよく眠りましたし……杉尾さんのことで、少し考えあぐねているだけです。なにが起こっているのか、どうするのが正解なのか」

眼鏡を外して細い鼻筋をつまんだ。夫婦の寝室以外で素顔を目にすることはあまりない。少し新鮮な気分だった。

「春の催事で康明さんの蔵書を売る。恭一郎くんも巻きこんで、周囲にもはっきりそう宣言する。部下の亀井さんにも目的を話さない……きっと口に出せない事情があるんです。差し迫った問題があって、今のような状況に追いこまれている……でも、それを突き止めようがなくて」

「……仕方ないでしょう、それは」

当事者の杉尾が会話にすら応じないのだから、栞子さんでも突き止めようがない。俺たちには警察のような捜査権はないのだ。依頼人の樋口佳穂もそのことは了承している。俺たちが説得できなければ、改めて自分で杉尾と交渉するつもりらしい。必ず杉尾康明の蔵書を息子に相続させると意気込んでいた。

「やれるだけのことをやってますよ」

そう慰めても、栞子さんの表情は晴れなかった。扉子からこの件を委ねられたのに、という歯がゆさも手伝っているようだ。

「だとしても、残念です……急いで帰ってきたのに、今のところなんの役にも立てていないので」

「役には立ってます」

俺はきっぱり言う。そこは強調しておきたかった。栞子さんはちらっと俺を見る。目元や口元には年齢が感じられるようになったが、黒目がちの瞳は昔と変わらない。むしろ年月とともに角が取れたような柔らかさが加わって、昔よりもむしろまぶしく見える。俺も同じ年月を過ごしてきたせいだろう。

今の俺が好きなのは、今の篠川栞子なのだ。

「俺は帰ってきて欲しかったですから……早く会いたかった」

二十代の俺だったら、もっと照れながら言ったかもしれない。色素の薄い栞子さんの頬も、二十代の頃のように赤く染まることはなかった。ただ、顔を隠すように眼鏡をかけた時、唇には気恥ずかしそうな笑みが浮かんでいた。

「……そういうことは、他の人が来ないところで言って下さい」

つんと尖った声で言うと、目を逸らしたまま俺の二の腕を軽く撫でる。なぜか背筋がぞくぞくした。

「わたし、大輔くんの夢ばかり見てました……昔なのか、今なのか分からないけど、北鎌倉の店で本の話をしている夢です」

くん付けで呼ばれるのは久しぶりだった。結婚する前を思い出す。その頃から俺はこの人から古い本について話を聞いてきた。出会ってから長く経つのに敬語が抜けないのも、俺たちにとって大切なこの楽しみのせいかもしれない。本の話をする時の言葉遣いが、二人の間で完全に定着してしまっているのだ。

ふと、一つの考えが閃《ひらめ》いた。

「あの、聞きたい本の話があるんですけど、いいですか？」

古書の扱い方や市場価格などについては、俺もこの十数年で多くのことを学んできたと思う。けれどもそれはあくまで本の外側のことで、内側——本の中身についてはまったく別だ。長時間本を読めない俺は本の内容を知ることは難しい。そうなると栞子さんから教わることになるのだが、説明を聞きそびれている有名な本はまだまだ多かった。

「構いませんけれど……ひょっとして『ドグラ・マグラ』の話ですか？」

栞子さんも察していたらしい。俺は黙ってうなずいた。他に類を見ないような、とんでもない探偵小説らしいということしか知らない。

「最初にはっきり言います。この休憩時間では概要を説明するのも難しいですよ？

日本探偵小説史上、三大奇書の一つとされてきた作品ですから」

そう前置きしながらも、説明をやめる気はまったくなさそうだ。声からも表情からも抑えきれない喜びが溢《あふ》れている。いつもの栞子さんだった。

「他の三大奇書は、確か……」

「小栗虫太郎《おぐりむしたろう》『黒死館殺人事件』と中井英夫《なかいひでお》の『虚無への供物』です」

俺が詰まっていると、即座にすらすらと答える。ちょうどそこに娘の扉子と樋口恭一郎の二人が戻ってきた。詰め替え用のウェットティッシュを抱えている。そういえば、休憩室の容器が空になっていた。事務室かどこかからもらってきたのだろう。

「『ドグラ・マグラ』は一人の青年が、柱時計の鳴る音で目を覚ますところから始まります。鉄格子のある部屋にいる彼は、自分の名前をはじめ一切の記憶を失っています。隣室からは許婚《いいなずけ》を名乗る少女が必死に助けを求めてきます……しばらく経つと、若林という医学博士が訪ねてきて、自分は九州大学の医学教授であり、主人公も九州大学の精神科病棟にいると告げます」

耳を傾けながら、俺は現実との符合に不気味なものを感じていた。『ドグラ・マグラ』を愛読していた杉尾康明も記憶を失っている。康明が発見されたのも九州だという話だった。脳の機能障害をわざと起こしたりできないから、偶然であることは間違いない。でも、物語にのめり込むあまり、不幸な事故を引き寄せてしまった――そんな非現実的な想像を拭い去ることはできなかった。

「若林博士は主人公が精神疾患の患者であり、『狂人の解放治療』と名付けられた研究の実験材料となって記憶を失ったと告げます。ただ、治療法を考案した精神病学教授の正木という博士は既に亡くなっていて、その理論の正しさを証明するには実験材料だった主人公が自我を取り戻し、自分の名前を思い出すしかないというのです。

　主人公は若林博士に連れ回されるまま、許婚らしい隣室の美少女と対面させられたり、正木博士の教授室に残された研究の資料を見せられたりと、記憶を取り戻すための実験をひたすら受け続けることになる……それがこの長編の基本的な筋立てですね」

「それだけ聞くとあまり長い話にならない気がするんですけど……登場人物の数も多くなさそうだし」

と、俺は言った。『ドグラ・マグラ』はどの版でも相当に分厚い。上下巻に分かれている場合もあった。

「確かに主な登場人物は少ないですね。語り手の主人公を除けば、若林と正木の二人の博士、それに主人公の従妹であり許婚とされている呉モヨ子ぐらいです」

呉モヨ子、という名前が耳に残った。なかなかインパクトがある。

「舞台もほとんど九州大学の中だけですから、普通に物語を進めていけばもっと短い小説になったかもしれません。でも、夢野久作はストーリーを支える奇妙な科学理論の説明に膨大な紙数を割いています。人間は脳髄ではなく細胞一つ一つが思考するという『脳髄論』、母親の胎内にいる胎児が先祖代々から受け継いだ記憶を悪夢として見ているという『胎児の夢』、トリガーとなる事物で精神に暗示がかかり、祖先の人格と子孫の人格が入れ替わる『心理遺伝』……」

真剣に耳を傾けていたつもりだが、さっぱり分からなかった。読者も完全には理解できないんじゃないだろうか。

「それって科学的には正しいんですか？」

栞子さんは困ったように微笑んだ。

「ユニークな発想も含まれてはいますが、一九三〇年代の小説ですから……作者の意図はどうあれ、あくまでフィクションとして扱うべきかと……主人公は不安定な精神状態のまま、常識外れの理論に基づく資料の数々に翻弄されていきます。もちろん、主人公の目を通して『ドグラ・マグラ』の世界をさまよう読者も同様なんです」

彼女が一息ついた時、扉子と一緒にドーナツをかじっていた恭一郎が唐突に声を発した。

「主人公は、呉一郎って名前なんですよね」

俺たちの視線を感じると、恭一郎は慌ててドーナツを置いた。

「あ、すいません。さっき祖父が持っていた『ドグラ・マグラ』の函に、そういう名前が見えて……印象に残ってたんです。俺の名前とちょっと似てたから」

そういえば沖積舎の復刻版の函には登場人物紹介があった。オリジナルの初版に印刷されていたということだ。呉モヨ子と名字がかぶっているのは従兄だからか。この名前も印象に残る。言われてみると「恭一郎」に少し似ている――。

俺はぎくりとした。偶然ではないのかもしれない。樋口佳穂も恭一郎の名前をつけたのは杉尾康明だと語っていたという。自分の愛読する小説にちなんでわが子の名前をつけるのは、本好きならありうる話ではないだろうか。

「そうですね。ただ、主人公は記憶を失っているので、呉一郎と呼んでいいのか少し迷うところはありますが」

栞子さんは奥歯にものが挟まったような言い方をする。そういえば、栞子さんはさっきから一言も主人公の名前を口にしていない。

「別の可能性もあるんですか？」

俺が尋ねると、栞子さんより前に扉子が口を開いた。

「そんなのはないと思う。確かに主人公は記憶を失っているけど、正体は呉一郎以外にあり得ないでしょう」

「確かにそうなんだけど……」

栞子さんは娘に同意してから、未読の俺たちに向かって説明を続けた。

「物語の根幹に関わることですし、個人的にはあまり断言したくないんですよね……あらすじだけ抜き出してみると、『ドグラ・マグラ』は主人公が『私は呉一郎だ』と認めるよう、周囲からひたすら迫られ続ける物語なんです。なぜそんな圧力をかけられるのか、その圧力がなにをもたらすのか……それがそのまま結末にも繋がっています」

「じゃ、主人公が記憶を取り戻すかどうかも……」

「それも説明しづらいですね」

栞子さんが言った。ネタバレになりかねないということらしい。

「『ドグラ・マグラ』は『自分という人間とはなんであるか』を描いた小説、という指摘があります。刊行当時、十代だった夢野久作の息子・杉山龍丸《すぎやまたつまる》がそう解釈して、合っているか父親にも確認しています……夢野久作はそれを認めたそうです」

それが事実なら作者のお墨付きを貰っていることになる。もっとおどろおどろしいイメージだったが、テーマだけ取り出すと若者の悩みを扱っているみたいだ。

「でもこれ、探偵小説なんですよね……？」

探偵小説の三大奇書という話だったはずだ。これまでの話に事件とか推理の要素は出てきていない。

「もちろんです！」

興奮した栞子さんの声が休憩室に響き渡る。

「物語が進んでいくと『解放治療』を考案した正木博士も、彼の前任だった精神病科の教授も不自然な死を遂げていることが分かります。そして、物語の語り手である呉一郎自身も、過去に起こった複数の殺人事件に関係していることが明らかになってくるんです」

そういう展開は俺も好きだ。妙な話だが、少し安心していた。きちんとエンターテインメントらしさも持ち合わせている小説なのだ。

「一連の事件の犯人が誰であり、どのように事件を起こしたのか、その真相も見どころではありますが、この小説の特徴は主人公たちが語り手として信頼できないところです。彼らがどこまで事実を語っているのか分からない……なにしろ主な登場人物は特殊な心理実験を行っている博士二人と、その被験者である二人の患者ですから。『ドグラ・マグラ』という言葉は作中で『心理的な迷宮遊び』と説明されていますが、その言葉が冠されたこの作品そのものが、読者を幻惑する迷宮になっているんです」

「その説明をするところって、物語に『ドグラ・マグラ』が出てくるくだりでしょう。わたし、あの場面大好き！」

扉子が楽しそうに言った。高校生たちはもうサンドイッチとドーナッツを食べ終えて、ドリンクの残りを飲んでいた。栞子さんも笑顔で同意を示している。

「『ドグラ・マグラ』が出てくるって、どういうことですか？」

恭一郎が隣の扉子に尋ねる。娘はくるっと首を回して視線を合わせる。思ったより距離が近かったのか、恭一郎が困ったように背筋を引いた。

「意味はそのまんまです。記憶を呼び覚まそうとする若林博士に、主人公は様々な資料を見せられます。その資料の一つが『ドグラ・マグラ』って題名のぼろぼろの手記なんです……主人公はさっと中を見るだけだけど、若林博士の説明ではこの小説と同じ内容なんですよ。柱時計の音で始まって、同じ音で終わるところも一緒で……」

「え……物語の中では、誰がその手記を書いたことになってるんです？」

「精神病棟に入院中の若い大学生、って若林博士は説明するんですけど、普通に解釈すれば記憶を失う前の主人公ですよね。そういう手記が既に書かれていることも、物語の伏線になっています」

扉子が恭一郎に本の話をする姿は、普段の栞子さんと俺を思わせた。まるで自分たちの会話を外から聞いているような気分だった。

「あれは夢野久作の『ドグラ・マグラ』への自己評価が窺えて、興味深い箇所ですよね」

栞子さんが説明を引き継いだ。声が似ているせいか、同じ人間が話し続けていると錯覚しそうになる。

「『面白いという形容では追付かない位、深刻な興味を感ずる内容』で『描写が極めて冷静で、理路整然としている』けれども『読んでいるうちにこちらの頭が、いつの間にか一種異様、幻覚錯覚、倒錯観念に捲《ま》き込まれそうになる』。そして『標題から内容に到《いた》るまで、徹頭徹尾、人を迷わすように仕組まれている』……これ以上ないほどはっきりと、作者が自作を解説してくれているんです」

俺は奇妙な感覚にとらわれていた。『ドグラ・マグラ』の中に『ドグラ・マグラ』を読む場面がある。ということは、作中に出てくるその『ドグラ・マグラ』にも、『ドグラ・マグラ』を読む場面があるということだろうか？　まるで合わせ鏡でも覗きこんでいるみたいだ。どこまで行ってもきりがない。人を迷わすように仕組まれている、というのは間違いないようだ。

「……あまり話題にならなかった、ってさっき言ってましたけど、いつぐらいから人気が出たんですか？」

そう尋ねたのは恭一郎だった。俺もそこは気になる。話を聞くだけでも相当に変わった小説が、ここまで有名になったのは不思議だ。

「一九五六年に」

栞子さんと扉子が同時に口を開く。どうぞ、というジェスチャーで娘の方が譲った。母親が礼を言って説明を続けた。

「一九五六年に早川書房のポケット・ミステリに収録されましたが、本格的な再評価は一九六〇年代以降ですね……ただ、初版の刊行当時も一部の探偵小説マニア、特に早熟な十代の少年たちには強く支持されていました。中学生が熱中している、と作者も日記に書き記しているぐらいです。

その中には後に夢野久作研究の著書も執筆する思想家の鶴見《つるみ》俊輔《しゅんすけ》や、『虚無への供物』を執筆した中井英夫もいました。この小説の洗礼を受けた少年たちが成長して、夢野久作再評価の流れを作ったと言えます」

そういえば『ドグラ・マグラ』がどんな小説かを指摘した夢野久作の息子も、当時十代だったという話だった。その世代に刺さるなにかがあるのかもしれない。

「この小説を愛読するのは中高生が多いんです。読めば頭がおかしくなるという伝説、狂気というモチーフ、長すぎる奇妙な祭文、精神科学の謎理論、監禁されている美少年や美少女……十代を惹きつけるような、魔術的な妖しい魅力に満ちあふれているのは間違いありません。でも、もう少し切実な理由もあるんじゃないかとわたしは思っています」

一体なんだろう。いつのまにか俺だけではなく、他の二人も身を乗り出している。

「親世代の若林や正木に対して、若い主人公は基本的に受け身の立場に置かれています。大学の病棟という狭い環境で実験を受けながら『自分という人間とはなんであるか』という問題に直面する……家庭などで中高生の置かれている無力感や苦悩にシンクロしやすいんじゃないでしょうか。実際、主人公とその父親の関係には、作者自身の父親との関係が反映されているという指摘があります」

「夢野久作がそういうことを狙って書いてたってことですか？」

と、俺は尋ねる。栞子さんは静かに首を振った。

「いいえ……夢野久作の執筆意図は自らが理想とする長編探偵小説で、若い世代の反応は意外だったでしょう。それでも、自らのすべてを注ぎこんだ作品に、作者自身の家族観や人間観が滲《にじ》み出《で》るのはむしろ自然なことです。作者すら意識していない切実な内面の発露に、読者の方が敏感に反応したのではないかと……少なくとも、十四歳だったわたしはそうでした」

栞子さんの表情が不意に影を帯びた。十四歳。母親の篠川智恵子が失踪した頃だ。間違いなくこの人は本を読むことで自分の心を守ろうとしただろう。自分では変えようがない、受け身の立場に置かれる主人公の状況に、彼女自身がシンクロしたということなのだ。

ふと、彼女は恭一郎の方を向いた。

「あなたのお父さん……康明さんも『ドグラ・マグラ』に惹きつけられた一人でした。十代の頃に読んだ夢野久作が、康明さんにとって一番重要な作家だったはずです……ところで今、『人間臨終図巻』はお持ちですか？」

唐突な質問に恭一郎だけではなく俺も扉子も戸惑った。

「あ、はい。持ってますけど……」

長テーブルの上に置かれていたバッグから、『人間臨終図巻　Ｉ』を取り出した。受け取った栞子さんが本を開く。見返しに貼られた蔵書票が姿を現した。Ｙ・Ｓのイニシャルが添えられた、三本の瓶と十字架が重なっているイラスト。栞子さんが目を近づける。

「やっぱり、そうでしたね」

と、彼女が言った。

「扉子に話を聞いた時から、気になっていたんです。このイラストは夢野久作直筆のものです。雑誌に短編を発表した時に、一緒に掲載されていたもので……」

「あっ、そうか！　思い出した。『瓶詰の地獄』だ！」

扉子が声を上げ、栞子さんがにっこり笑った。『瓶詰の地獄』。どこかで聞いたことのある題名だ。

「有名な小説、でしたっけ……？」

「はい。昭和三年……一九二八年に発表された、原稿用紙わずか十五枚ほどの掌篇《しょうへん》で、海岸に漂着した三本の瓶に入っていた三通の手紙で語られる体裁になっています。海難事故で無人島に流れ着いた兄妹《きょうだい》が、何年も二人きりで暮らすうちに近親相姦《そうかん》に陥ってしまう内容で……三通の手紙の書かれた時系列を逆に辿るという構成が素晴らしく、夢野久作の最高傑作に挙げる人も多いです。このイラストも全集や作品集に何度か掲載されていますね」

だから三本の瓶と十字架の絵なのか。よく見ると瓶の中には人間の上半身らしいものも二人分描かれている。きっとその兄妹の姿なのだろう。

俺たちのそばで恭一郎が顔をしかめていた。そういえばこの少年には妹がいるらしい。話題を変えた方がよさそうだ。

「夢野久作の熱心なファンだったから、蔵書票をこのデザインにしたんですね」

「だと思います。それに、このY・Sというイニシャル……もちろん、杉尾康明の頭文字でもありますけど、同時に夢野久作のイニシャルにもちなんでいるんでしょう。本名は杉山泰道《やすみち》ですから」

好きな作家とイニシャルが同じだったらきっと嬉しい。より大切な存在に感じられたに違いない。俺が想像していたよりも康明は夢野久作に心酔していたようだ。探偵小説の蔵書が多いのも、夢野久作ファンだったことと関係があるのだろう。ただ、『ドグラ・マグラ』を薦めて、そのきっかけを作ったのが篠川智恵子だというのが引っかかる。まるでなにかの意図があったように思えてしまう――。

「……おい」

突然、しわがれた声が響いた。休憩室のドアを振り返ると、茶色のジャケットを羽織った杉尾が杖を手に立っていた。俺たちは慌てて椅子から立ち上がる。

「すみません、杉尾さん。もう会場に戻ります」

栞子さんが謝った。話に夢中になっていたが、そろそろ休憩時間も終わりだ。

「いや、呼びに来たわけじゃない。栞子ちゃん、あんたに話があって来た……少し、聞いてもらえるか」

俺は驚いた。今日一日、栞子さんからいくら話しかけても無視していたのに、自分からわざわざ会いに来ている。顔色が妙に悪く見えるのは、照明のせいだけではなさそうだ。なにかが起こったらしい。

「もちろんです。こちらへどうぞ」

杉尾はゆっくりと俺たちに近づいてくる。よく見ると杖を突いていない方の腕に、四六判らしい函入りの本をしっかり抱えていた。かたりという妙な音とともに、長テーブルにその本が置かれた。夢野久作の写真の横にある『ドグラ・マグラ』という書名が目に飛びこんでくる。作者名の他には「覆刻」「沖積舎」の文字もあった。

さっき杉尾がカウンターの中で手に取っていたという息子の蔵書に違いない。この復刻版の函には、オリジナルの初版と同じ装釘の『ドグラ・マグラ』が収まっている。もともと函入りの本なので、二重函になっているわけだ。

（……ん？）

ふと、俺は首をかしげた。どことなくこの復刻版には違和感がある。中に入っている本のサイズが微妙に小さいのだ。テーブルに置いた時に音が鳴ったのも、少し函にゆとりがあるせいだ。俺の隣で栞子さんが眼鏡の奥で目を瞠っている。

「お前たちが休憩に入ってから、こいつの中身を確かめたんだが……」

杉尾が説明する前に、栞子さんがすっと手を伸ばした。いつになく慎重な手つきで、外側の函から中身を取り出す。『幻魔怪奇探偵小説　ドグラ・マグラ』と印刷されたもう一つの函が現れる。唇の赤い女の顔のイラスト。栞子さんが裏側を確かめると、あらすじと人物紹介が別々の色で重なるように印刷されている。違和感がさらに大きくなった。函の色が俺の記憶よりも色鮮やかな気がする。

オレンジとピンクを混ぜたような、温かな色合いの紙装本が函から引き抜かれる。栞子さんが最初に開いたのは奥付のページだった。昭和十年一月十五日、松柏館書店から発行されている。特におかしなところはない。その右側のページは真っ白だ。

「これは……」

栞子さんの顔から血の気が引いている。

「どうしたんですか」

と、俺。彼女の指先が白紙のページの上で軽く円を描く。

「沖積舎の復刻版には、ここに復刻版の奥付があるはずなんです」

言葉の意味を呑みこむのに、少し時間がかかった。復刻版にあるはずの奥付がこの本にはない。だとしたらこれは——俺よりも早く、扉子が大きな声を上げた。

「えっ、じゃあこれ、本物ということ？　昭和十年に松柏館書店から刊行された本物の初版？」

「……そういうことだ。一見そう思えないほど、状態はいいが」

杉尾がくぐもった声で言う。栞子さんは本文ページを前に向かってめくっていく。

「函の印刷は色あせていませんし、汚れもほとんど見当たりません。沖積舎の復刻版の原本より状態はいいでしょうね。ここまでの美本はわたしも一度しか目にしたことはありません……表紙や本文の紙もとてもきれいです」

栞子さんの手が本文ページの冒頭で止まる。「巻頭歌」と題された文章が俺の目を引いた。

胎児《たいじ》よ
胎児《たいじ》よ
何故《なぜ》躍《をど》る

母親《は、おや》の心《こゝろ》がわかって
おそろしいのか

そういえば、栞子さんが『ドグラ・マグラ』について説明してくれた時、「胎児の夢」という言葉が出てきた。母親の胎内にいる胎児が、先祖から受け継いだ記憶を悪夢として見る——その説もよく分からないが、これはもっと意味不明だ。どうして胎児が踊るのか。どうして母親の心が分かると「おそろしい」のか。

深い意味はないのかもしれないが、妙に頭にこびりついて離れない。

「この初版は、単に状態がいいだけじゃない……栞子ちゃん、見返しを開いてくれ」

杉尾に促されるまま、栞子さんはさらにページを前にめくった。

「えっ！」

俺たち四人は驚きの声を上げた。そこには読みやすく丁寧な楷書で「夢野久作」とペンで書き込まれていた。

「署名本、なんですね……」

俺は小さくつぶやく。『ドグラ・マグラ』の署名本を目にするのは初めてだ。ああ、と杉尾はうなずいた。

「夢野久作の稀覯本といえば、まずは杉山萠圓《ほうえん》名義で出版された『白髪小僧』で、『ドグラ・マグラ』にそこまでの高値はつかない。しかし、これほどの美本、しかも署名本となれば話は別だ……市場《いちば》に出せば大騒ぎになるだろうな」

栞子さんは見返しを開いたまま静止している。自分の思考に深く沈んでいる様子だった。彼女の両側から扉子と恭一郎が興味津々で夢野久作の署名を覗きこんでいる。

「どうしてこんなものが復刻版の函に入ってるんですか？」

俺が杉尾に尋ねると、

「俺にもまったく分からん」

意外に素直な答えが返ってきた。

「でもこれ、康明さんの蔵書なんですよね。康明さんがここに入れたんじゃないですか？」

「いや、それはない……康明が病院で息を引き取る少し前、俺はあいつの蔵書を少し並べ替えている。店の在庫と混ざりそうだったのが気になってな。この体ではちょっとした整理程度しかできなかったが……その時に沖積舎の復刻版も手に取った。もし中身が入れ替わっていたら気付いたはずだ。結局、康明は生きて自宅へ戻れないままだった……」

つまり故人ではない誰かが、復刻版の函に署名本を入れたわけだ。だとしたら、その人物はもともと入っていた復刻版を別の場所へ移したことになる。杉尾は俺と栞子さんを交互に見上げた。

「あの復刻版のことは知っているだろう。ビブリア古書堂で康明が買ったものだ。高値のつくものでなくても、あいつはあれを一番大切にしていた……誰がなんのために入れ替えたのかは知らんが、捜し出すのに協力してくれんか」

頭を下げんばかりに頼みこんでくる。栞子さんが白けた顔で本を閉じ、椅子に座って老人と目線を合わせた。

「康明さんの蔵書を、お売りになるつもりだったのでは？」

しわの散った杉尾の頬がぴくりと震えた。

「なにごとにも例外はある……『ドグラ・マグラ』は売らない。それだけの話だ」

「『怪獣島の決戦　ゴジラの息子』の映画パンフレットも例外にしたそうですね……まだ他にもあるんじゃありませんか」

返事はない。ばつが悪そうに黙りこんでいる杉尾の前で、栞子さんは『ドグラ・マグラ』の表紙に触れた。

「実は、この署名本なんですが……」

「社長！　やっと見つけた。どこに行ったのかと思いましたよ」

スキンヘッドと派手なスカジャンの亀井が休憩室に入ってきた。一文字に縛られた古書を両手に一つずつ提げている。

「こっちの縛りは車に戻しちゃっていいんですよね？」

そう言って軽く持ち上げたのは、古いハヤカワ・ポケット・ミステリと春陽堂文庫の束だった。ビニール紐に貼られているメモには「倉庫戻し・康」と書かれたメモが貼られている。杉尾康明の「康」に違いない。きっと例の蔵書なのだ。

ふと、俺は気付いた。杉尾は亀井にも『ドグラ・マグラ』の件を伏せていた。もし誰かが復刻版と本物を入れ替えたのだとしたら、虚貝堂の倉庫に出入りできる亀井が一番の容疑者だからだ。

その「容疑者」は長テーブルに置かれた古書に気付くと、首を伸ばすようにしてまじまじと覗きこんだ。

「おっ、これ、『ドグラ・マグラ』の署名本ですよね？　康明さんが持ってたやつ。最近見かけないから捜してたんですよ」

屈託なく皆に話しかける。杉尾はかっと両目を見開いた。

「お前……知ってたのか。これのことを」

亀井は目を細めて考えこんだ。髪の毛を剃《そ》っているせいか、眉のあたりが妙に表情豊かだ。

「あれ？　口止めされてたっけ……でもまあ、だとしても時効だよな……」

口の中でもごもごと独り言をつぶやいてから、急に割り切った態度で大きくうなずいた。

「そうなんです。初めて康明さんが入院した時、ベッドの上でそれを開いてたんですよ。『ドグラ・マグラ』の署名本なんて見たことなかったから、どうしたんですかって訊いたら『この前知り合いから売ってもらった』って……なんだかあまり人に見せたくないみたいな雰囲気でしたね。自分の本にはしないで、店の在庫扱いにして倉庫に置いておくから、時期を見て売ってくれ、って言われました」

そういえば、この署名本には例の蔵書票が貼られていない――杉尾康明の蔵書ではないということだ。愛読している小説の稀覯本をどうして自分のコレクションにしなかったのだろう。

「てっきり、なにか問題でもあるのかと思ってたんですよ。この署名が偽物かもしれない、とか……確か夢野久作って、この本が出た次の年に亡くなってるじゃないですか。サイン書く機会なんてそうそうないんじゃねえかって……」

「いいえ、本物です」

栞子さんが断言した。なぜか声に苦いものが混じっている。

「この本の署名は『ドグラ・マグラ』の出版直後、十代の愛読者が伝手《つて》を頼って作者に書いてもらったものです。夢野久作の日記にも、ファンからのそういう求めに応じていたらしい記述があります……」

「この本のこと、知ってたんですか？」

俺が確かめると、栞子さんは複雑そうな表情でうなずいた。

「わたしの母がそのファンの遺族から買い取ったものです。何年か前、母の書庫で目にしたことがあります」

「つまり、智恵子さんが康明に売ったということか……初耳だな」

杉尾が腕組みをする。俺も初耳だが、それ以上に気になることがあった。

「康明さんは義母《はは》と最近まで付き合いがあったんですか？」

康明は亡くなる半年ほど前に癌が発覚し、病院での治療と自宅療養を交互に受けていたと聞いている。最初に入院した時「この前売ってもらった」と言っていたなら、その直前に篠川智恵子と会う機会があったことになる。

「お前たちには言っていなかったな……康明は智恵子さんの家を時々訪ねていたよう

だ」

ますます驚いた。片瀬山にある智恵子の住まいには、栞子さんも俺も数えるほどしか行ったことがない。何十年も前に「教師と生徒」のような関係だったとしても、その記憶は康明の方には残っていなかったはずだ。

「実は、失踪した康明が発見されたのは智恵子さんのおかげでな。あの人の助言で居場所が分かったようなものだった……あの人はこういうことを言いたがらないから、今まで黙っていたんだが」

俺は栞子さんと顔を見合わせる。彼女も初めて聞く話らしい。

「あの、いなくなってから五年も経ってたんですよね……どうやって、お父さんを見つけ出したんですか」

そう尋ねたのは恭一郎だった。杉尾は困ったように顎を撫でた。

「実は俺にも見当がつかん……智恵子さんは俺や亀井、それに佳穂さんから当時の状況を詳しく聞いて、後は倉庫に残っていた康明の蔵書をじっと見ていた。そうしたら、神戸から九州の福岡へ行った可能性があると言い出した。分かっているのはそれだけだ」

なにをやったのか、俺には漠然と分かる。蔵書から持ち主の内面を読むのは篠川智恵子の特技だ。きっとなんらかの手がかりがあったのだろう。

「他に手がかりもなかったから、福岡の興信所に調べてもらった。しばらくすると、五年前に転落事故で記憶障害になって、戸籍をもらって生活している身元不明の男がいると分かった。それが康明だったわけだ……俺は智恵子さんに足を向けて寝られん」

篠川智恵子を恐れたり恨んだりしている者を俺も何人か知っているが、その一方でこんな風に恩義を感じている人も意外に多い。気まぐれのように人助けをすることがあるからだ。ただ、そういう人たちも自分の目的のために平気で利用する一面を持ち合わせている。

「記憶を取り戻せなかった康明は、年月の空白をどうやって埋めればいいか智恵子さんに相談していたようだ。古書の売り買いも何度かあったと聞いている」

話を聞く限りでは、『ドグラ・マグラ』の署名本が智恵子から康明にわたるのは別に不思議ではない。けれども今、その古書をめぐって奇妙な騒ぎが起こっている。

「亀井……康明が持っていた復刻版の函に、この署名本が入っていたんだが、お前はなにか知ってるか」

杉尾は鋭い声で言う。一瞬、驚いたように目を瞬かせた亀井は、むっとした顔つきになった。

「俺を疑ってるんですか」

「念のため確認しているだけだ。本の中身が入れ替わったのは康明の葬儀の頃から、この催事が始まるまでの間だ。うちの倉庫に入った人間は限られている」

「そんなことしませんよ。こんなイタズラ、する理由もないじゃないですか」

その通りだと思った。昨日のように値付けをミスすることはあるだろうが、虚貝堂で働く者がわざわざこんな入れ替えをやる意味がない。誰も入れ替わりに気が付かなかったら、この稀覯本を復刻版の価格で売っていた可能性だってあるのだ。

「虚貝堂の倉庫に出入りされていた外部の方はいらっしゃいますか？」

栞子さんが亀井に尋ねる。束の間、答えにためらうような気配があった。嫌な予感がする。

「……智恵子さんが中に入りましたね。通夜の晩に……あの人も康明さんから言われてたそうです。自分が死んだ後、好きな本を持っていっていいって……なにか文庫本を一冊持っていきましたよ。俺の知る限り、他に入った外部の人はいませんね。普段は鍵が閉まってることが多いですし、あそこが倉庫だって知ってる人もほとんどいないんじゃないかな……」

赤の他人がなんとなく入りこむような場所ではないのだ。だとすると、この細工をやったのは篠川智恵子であるかもしれない――。

「今日、催事が終わった後で、虚貝堂さんの倉庫を見せていただけますか？」

重い沈黙を破ったのは栞子さんだった。

「まずは康明さんがお持ちだった復刻版を捜すところから始めるべきだと思います。倉庫の中に置かれている可能性も考えられますし」

確かに今はまだ判断材料が足りない。この会場でできることはなにもなかった。

「そうだな……よろしく頼む」

と、杉尾が言った。

最終日の藤沢古書市はデパートの閉店時刻より一時間早く終わる。会場の撤収に時間がかかるからだ。なるべく早く戸塚の虚貝堂へ移動するために、俺たちは手分けをしてレジを精算し、什器に並べてあった品物を駐車場のライトバンに運んでいった。滝野ブックスの滝野とドドンパ書房の神藤に事情を説明すると、イベントスペースの戸締まりやデパートへの備品の返却をやってくれることになった。

「一つ貸しだからな」

という滝野の苦笑いに見送られて、俺たちは古書を積んだワゴン車で出発した。もう日は沈んでいる。扉子と恭一郎には先に帰るよう勧めたが、どうしても見届けたいからと一緒に来ることになった。好奇心が先に立っている扉子はともかく、恭一郎にとっては父親の蔵書の問題だ。念のため母親の樋口佳穂には、帰宅が遅れること、俺たちが責任を持って車で送ることを恭一郎から伝えてもらった。

渋滞につかまらなければ、藤沢から戸塚までは二十分ほどで着く。幸い俺たちは順調に国道を進んでいた。

「そういえば、母が来なかったですね」

戸塚駅のそばまで来た時、助手席の栞子さんがぽそっとつぶやいた。

「……確かに」

あなたたちに会いに行くつもり、というメールが来たきりだ。ひょっとすると夜になってから北鎌倉の篠川家に現れるのかもしれない。

虚貝堂は戸塚駅に近い商店街の一角にある。店の裏にある駐車場に車を停めて、俺たちは母屋兼店舗の隣にある離れに向かう。そこが虚貝堂の倉庫であり、杉尾康明が寝起きしていた建物でもあった。

鍵を開けてくれたのは亀井だった。一番先に入った俺が明かりのスイッチを捜した。

それらしい場所には背板のない書架が置かれていて、スイッチのありかが分かりにくかった。

「恭一郎、点けてくれ」

杉尾の声がする。はい、と恭一郎が答えたかと思うと、広い倉庫がぱっと明るくなった。

「……ずいぶん、賑やかね」

栞子さんに似ているが、少し低い女性の声が響いた。俺の心臓がどくんと跳ねる。一同は一斉に離れの入り口を振り返った。いつのまにか外の暗がりにグレーのパンツスーツと黒いコートを着て、灰色の髪を長く伸ばした年配の女性が立っている。もう夜だというのに、淡い色のサングラスをかけたままだった。

「こんばんは」

篠川智恵子は唇の端を上げて、俺と栞子さんに笑いかける。誰もがどう反応していいか分からない中、彼女は離れに入ってきた。ずらりと並ぶスチール製の書架を見回して、実の娘に目を留めた。

「あなたたち、ここでなにをしているの？」

俺たちが虚貝堂にいると知っているのだから、相当に白々しい質問だ。それでも、正面から訊かれれば答えざるを得ない。栞子さんは『ドグラ・マグラ』が入れ替わっている件を説明し始める。

その間に俺と亀井と扉子は倉庫に復刻版がないか確認していった。恭一郎は栞子さんのそばに立っている。彼女の話を聞いているというよりは、篠川智恵子に関心があるようだった。話しかけるタイミングを計るようにもじもじしていた。

「……それで、康明さんが持っていた『ドグラ・マグラ』の復刻版のこと、お母さんはなにか知っているの？」

説明し終えてから質問すると、智恵子は軽く肩をすくめた。

「その件に関しては部外者よ、わたしは」

「つまり、知っているのね」

栞子さんが冷ややかに言い放つ。智恵子は口をつぐんだ。やはり、署名本との入れ替わりに関係している様子だった。

それなりに時間をかけたが、沖積舎の復刻版は書架に見当たらなかった。倉庫の奥へ行ってみると、扉子が床に積み上がった古書の山を覗きこんでいる。雑誌などの大型本を除いて、ビニール紐で一文字に縛られている。どの束にも例の「倉庫戻し康」のメモも貼り付けてあった。この山はすべて康明の蔵書なのだ。

「復刻版、この中にはないみたい」

扉子が大輔を振り返る。そこへ隅にある二階からの階段を亀井が降りてきた。

「康明さんの部屋にもなかったです」

どうやらこの離れには置かれていないようだ。

「車の中にもないんですよね?」

「撤収作業の時に確認したんですけど、そっちにもありませんでした。どこかにまぎれてるとしたら、康明さんの蔵書の中だろうと思ってたんですが」

「康明さんの蔵書はここにあるのと、車の中に積んであるやつだけですか?」

俺は古書の山を見ながらなにげなく質問する。

「そうですね。他にはないですよ。この札が貼ってあるやつだけで」

不意に首筋に刺すような視線を感じた。振り返ると、篠川智恵子がこちらを凝視している。ぞくりと肌が粟立《あわだ》つ。なにか自分たちがミスを犯したような、後味の悪さだけが胸に残った。

「あの、一つ訊いてもいいですか」

恭一郎が質問した相手は智恵子だった。彼女はサングラスをずらして、少年の頭から爪先まで視線を走らせる。

「なにかしら」

「父を見つけてくれた時のことなんですけど……どうして分かったんですか？　神戸から、福岡に行ったたって」

唐突な質問にさすがの智恵子も面食らった様子だった。けれども、沈黙したのはほんの一瞬だった。

「あれは本当に、大したことではないのよ」

靴音を響かせて俺たちの方へ近づいてくる。康明の蔵書の前に屈《かが》むと、四十冊ほどの文庫本の束を取り出す。戦前の探偵作家などの作品を収録した「異色作家」傑作選シリーズがかなり揃っているようだ。智恵子は『夢野久作傑作選』のシリーズを指差す。「Ｉ」から「Ｖ」まで。『死後の恋』『氷の涯』『悪魔祈禱書《あくまきとうしょ》』『爆弾太平記』――いや、一冊抜けている。「Ⅳ」がない。

「康明くんの蔵書を見た時、『夢野久作傑作選』の『Ⅳ』が一冊足りないことに気付いた。『Ⅳ』は『ドグラ・マグラ』……彼が旅に出る時、携えていく本の中にそれを加えたのだと推測したの。

大事な本ほど後に読む人だったから、到着先の神戸で読んだのは『ドグラ・マグラ』だったはずよ……この小説の舞台は九州大学の医学部で、昭和十年にもあった門がまだ残っている。そこから足を延ばして観光するとしたら、九州大学のある福岡だろうと思っただけ」

だから福岡で発見されたわけか。まさかここにも『ドグラ・マグラ』が関係しているとは。智恵子は康明の蔵書を見下ろしながら言葉を継いだ。

「人間が脳髄ではなく個々の細胞で思考しているという、『ドグラ・マグラ』の脳髄論はあくまでもフィクションだけど、書籍を人間の外部記憶と定義づければ、人間は脳だけでなく蔵書によっても思考していると言えるわ……少なくとも、蔵書から人間の思考を一部は辿ることができる。この一件のようにね」

俺には難しすぎる話だったが、恭一郎は真剣に耳を傾けている。そこへ杖を突いた杉尾が近づいてきた。

「智恵子さん、康明のことであんたにはさんざん世話になった」

正面から智恵子と向かい合った。二人の年齢はほとんど変わらないはずだが、病気がちな杉尾の方がはるかに年老いて見えた。

「しかし、この件だけは見過ごすわけにいかん……身内以外でこの倉庫に入ったのはあんた一人しかいない。康明が持っていたあの復刻版、あんたがどこかへやったんじゃないのか？」

「わたしは指一本触れていない。通夜の晩、わたしがここから持っていったのはこの本」

コートのポケットから分厚い文庫本を取り出す。創元推理文庫の『日本探偵小説全集4　夢野久作集』だった。

「高校生だった康明くんに初版の復刻版を売った時、この文庫本を一緒に渡してあげた……旧仮名遣いの初版はまだ読みにくいだろうと思ったから。この作品集には『瓶詰の地獄』や『氷の涯』も収録されていて、入門書にはぴったりでしょう？　康明くんが蔵書票にしていた夢野久作直筆のイラストを、初めて書籍に収録したのもこの作品集なのよ」

上機嫌で蘊蓄を傾けているが、その時の文庫本を持参していること自体が疑わしい。まるで問い詰められた場合に備えていたかのようだ。智恵子は亀井に視線を向ける。

「通夜の晩、わたしがここへ入った時、亀井くんは離れの入り口に立っていたでしょう？　わたしが手ぶらで入ったことは憶えているわよね。函入りの四六判を隠して持ち出せる状態ではなかったはずよ」

「まあ、確かにそうでしたけどね」

亀井はそう認めながらも、智恵子を睨《にら》みつけていた。

「でも、他にも憶えてることがあるんですよ。俺は入り口から動いていなかったけど、智恵子さんの姿は棚の隙間からちらちら見えてました。この倉庫の書架は背板がないから……『ドグラ・マグラ』の初版らしい本を手に取ってましたよね」

しんと倉庫の中が静まり返る。智恵子は顔色一つ変えなかった。

「手に取ったとしても不思議はないわ。わたしが康明くんに売った古書なのだから。それも生前の彼と最後に会った日に売ったのよ」

「言い訳はやめてくれ。少なくとも、あんたはなにかを知っている。正直に本当のことを話してくれんか……頼む」

杉尾は切羽詰まった声で言い、深々と頭まで下げた。わずかに白髪の残った頭を、智恵子は興味もなさそうに一瞥《いちべつ》してから、サングラスを外して軽く息をついた。

「杉尾さん。あなたこそ、本当のことを言ったら？」

その声はかすかな笑みを含んでいた。そろそろと智恵子を見上げる杉尾の顔は強張《こわば》っていた。

「……なんの話だ」

「康明さんの蔵書を売るつもりなどないんでしょう？　今回の催事には確かに出品したけれど、残っている大部分はどこかに隠しておくつもりだった……違うかしら」

「なにを言っているのか分からんな。俺は……」

「本当にすべてを売る意志があるなら、佳穂さんにそんな宣言をする必要はなかったはずよ」

智恵子はぴしゃりと遮って話を続ける。

「こっそり催事に出し続けていれば邪魔は入らなかった。もちろん蔵書の相続人であり、佳穂さんの息子でもある恭一郎くんをバイトに雇う必要はまったくない。馬鹿げているわ」

その声には隠しきれない歓喜が滲んでいた。杉尾はなにも言い返せずに歯を食いしばっている。

「あなたは恭一郎くん、わたしの娘夫婦と孫、亀井くん……そして他の古書店の人間も含めて、古本市に参加した全員を証人に仕立て上げた。『杉尾正臣は息子の蔵書を本気で売り払おうとしている』という……この催事が終わったら、残りはどこかに隠してしまえばいい。そろそろ亀井くんにだけは事実を伝えた頃かしら？　どこへ隠すにしても、彼の協力は必要だものね。すべては恭一郎くんのもとに、父親の蔵書が渡らないようにするためよ」

思わず亀井の顔を窺う。そこに驚きの色はなかった。智恵子の指摘通り、既に事実を告げられているのかもしれない。

そしてもう一人、驚いていない人間がいた——栞子さんだ。薄々勘付いていたのだろう。鋭い目できっと母親を睨みつけている。このタイミングで真相をぶちまけられたからだ。

「あの……俺、千冊も本が欲しいなんて、思ってないです」

恭一郎は消え入りそうな声でつぶやく。

「いいえ、あなたは迷っている」

智恵子はきっぱりと言い返した。まるで自分のことを語っているかのようだった。

「『千冊も貰ったってしょうがない』……そんな言い方をするばかりで、はっきり要らないと意志表示をしたことはない。周囲に説得されれば、考えを変える可能性はある。杉尾さんはそこに付けこんだのよね」

「待ってくれ、俺はただ……」

杉尾の顔は紙のように白くなっている。

「あと数ヶ月、佳穂さんの追及をかわして、のらりくらりと時間を稼げば、康明くんの蔵書をすべて売ってしまったことにできる……なにしろ相続人の恭一郎くんがそう証言してくれるわけだから。残りの息子の蔵書は自分のものになる。この催事で売ったから多少は減っているけれど、犠牲を払っただけの価値はあるわよね。最愛の一人息子の思い出に囲まれて、残り少ない余生を過ごすつもりだったのかしら？　いずれにせよ、杉尾さんの死後はこの店の権利も含めて、一切合切が恭一郎くんの手に渡る……罪悪感も大して覚えずに済む。なかなか、上手《うま》いやり方ね」

智恵子が言葉を発するたびに、恭一郎の祖父を見る目が冷たくなっていく。それに気付いた杉尾が、弱々しく首を振って見せた。

「違う……そんなことはこれっぽっちも考えていない。俺はただ、康明の蔵書を守りたかっただけだ。信じてくれ。本当は……」

突然、杉尾は杖を持っていない方の手で、自分の胸元を強くつかんだ。ぐらりと傾いたその体を、一番近くにいた俺が反射的に支えた。

「まずい。心臓の発作だ！　薬、取ってきます！」

慌てふためいた亀井が、離れを飛び出していった。

その後の数分で様々なことが一気に起こった。

亀井が車から取ってきた心臓の薬を杉尾の口に入れると、胸の痛みはすぐに収まったようだ。それでもまだ意識が朦朧《もうろう》としていたので、俺と亀井で母屋の二階へ運びこんだ。痛々しいほど痩せた体を寝室の布団に横たわらせると、俺たちもようやく一安心できた。

居間に行くと栞子さんと扉子が小声でなにか話し合っている。終始無言で俺たちを手伝っていた恭一郎が、ショルダーバッグを肩にかけ直した。

「……そろそろ帰ります」

「あ、うちの車で送りますよ」

間髪入れずに扉子が話しかける。俺ももちろんそのつもりだった。

「わたしは残るわ」

栞子さんはそう言ってから、離れて成り行きを見守っていた篠川智恵子に怒気のこもった目を向けた。

「お母さんも残って。もし杉尾さんの意識が回復したら、亀井さんも交えて話したいことがあるの」

「……いいでしょう。分かったわ」

案外素直に智恵子は応じた。恭一郎は背中を丸めて母屋の階段を降りていく。扉子も慌ててその後を追った。

「恭一郎さん！　バイト代は明日にでも届けますから」

亀井が階段の上から声をかけたが、恭一郎は振り返りもしなかった。

「……大輔さん」

いつのまにか、栞子さんが俺のすぐそばに立っていた。長い睫毛に縁取られた二つの瞳が、レンズの奥から俺を見つめている。彼女の考えははっきり分からなかったが、それを言えない状況にあること、俺にして欲しいことはきちんと伝わった。

「恭一郎くんを送ります……必要なことは追ってメールして下さい」

そう言い残して、俺も階段を駆け降りていった。


夜の国道を逆に辿って、俺たちは茅ヶ崎市へと向かった。

もう時刻は夜の八時を過ぎている。ワゴン車の中でも恭一郎はほとんど口を利かなかった。この数日間で祖父の杉尾とはかなり打ち解けていたように見えた。それだけに体のいい「証人」として利用されたことに、深く傷ついたのだろう。扉子は時々話しかけているが、反応は芳しくなかった。

樋口佳穂には虚貝堂を出る前に電話した。恭一郎を送るついでに依頼の件で報告したいことがあると告げ、承諾の返事ももらっている。今日は夫が出張中らしく、娘と二人で自宅にいるそうだ。

樋口家は茅ヶ崎市の中心から少し外れた、藤沢市の市境に近い静かな住宅地にあった。「樋口」の表札がかかった一戸建ての前に車を停めた時、スマホにメッセージが届いていることに気付いた。

滝野ブックスの滝野からだ。俺たちが虚貝堂へ出発してから、篠川智恵子が訪ねてきたかを問い合わせたのだが「来ていない」ということだった。

（……なるほどな）

心の中でつぶやいた。これで証拠は揃った。栞子さんからは既に道中でメールを受け取っている。そこに書かれていた真相を、俺の口から樋口親子に知らせなければならない。

恭一郎の案内で玄関を開けると、樋口佳穂が出迎えてくれた。ふっくらした丸顔に肩までの髪。アースカラーのゆったりしたニットとブラウス、折り目のついたスラックスを身に着けている。仕事から帰ってきた時のままらしく、メイクも落としていなかった。少し疲れたような雰囲気を漂わせている。

「夜分遅く申し訳ありません」

決まり文句ではなく、心からそう思っていた。扉子も一緒に頭を下げる。

「いいえ、こちらこそ、わざわざ送っていただいちゃって……恭一郎、ちゃんとお礼言った？」

　俺たちの隣で靴を脱いでいた恭一郎は、母親の言葉でハッと我に返った様子だった。わざわざ立ち上がって律儀に頭を下げる。

「すいません……ありがとうございました」

「いや、こっちも遅くまで付き合わせたから」

　俺がそう言った途端、扉子が唐突に口を開いた。

「あのっ、樋口くんのお部屋、見せてもらってもいいですか？」

　樋口親子の顔にありありと困惑の色が浮かぶ。俺は表情を変えないように努力した。確かにそのつもりだったが、いきなりにもほどがある。もう少し切り出し方を考えて欲しかった――とはいえ、これは俺や栞子さんの意を汲《く》んだ申し出なのだ。

　俺は誤魔化すように咳払いをした。

「実はご依頼の件で樋口さんにお話しする前に、恭一郎くんからも事情を聞く必要がありまして。少しの間、彼の部屋で我々三人だけにしていただけませんか」

　佳穂は口元に手を当てて考えこむ――油性マーカーでも使ったのか、指先に黒いインクの染みがついていた。

「恭一郎がそれでよければ、わたしは構いませんけれど。今朝、この子の部屋は掃除しましたし」

途端に息子の方は顔をしかめた。母親に部屋を掃除されて喜ぶ男子高校生はたぶんこの地上にいない。俺も痛いほど気持ちは分かる。

「……はい。それじゃ、どうぞ」

そう言って先に廊下へ上がった。ドアを開けるとリビングが現れる。壁際に置かれた勉強机の前で、黄色いパジャマを着た少女が頬杖《ほおづえ》を突いてタブレットをいじっていた。小学校の低学年ぐらいの年頃だ。

樋口家は子供が幼いうちは自分の部屋を持たせず、一日の大半をリビングで過ごしてもらう方針らしい。ランドセルや体操着袋など、学校の持ち物を収めるラックが机の右隣に並べられ、左隣には小学生用にしては大きめの本棚が置かれていた。新旧の児童文学や図鑑などが五段にわたってぎっしり詰まっている。

兄と違って妹には、読書の習慣があるようだった。

「晴菜、ただいま」

恭一郎が声をかけると、晴菜と呼ばれた少女はぱっと顔を上げた。ふっくらした顔に肩までの髪は、びっくりするほど母親の佳穂に似ていた。

「あっ、お兄ちゃん！　おっかえりなさー……」

笑顔で歌うように挨拶しようとして、俺と扉子の存在に気付いた。

「こ、こんばんは……？」

誰？　という表情のまま、俺たちから目を離さずに頭を下げる。こんばんは、と俺たちも挨拶した。ころんとした黒い瞳が「誰？」となおも訴えかけてくるが、こちらも一言では説明できそうにない。スルーするしかなかった。

「まだ起きてたんだ。遅いんだからもう寝なよ」

分別くさい口調で恭一郎が言うと、晴菜は椅子から立ち上がる。

「お兄ちゃんを待ってたんだよ！　なかなか帰ってこないから心配してあげてたの！」

「遊んでただけじゃないの？」

「違いますー！　もー、もー！」

だんだんと足踏みをして抗議する。そのしぐさが微笑ましかったせいか、恭一郎の頬が少し緩んだ。二人は異父兄妹になるわけだが、仲は悪くないようだった。

「晴菜、そろそろ寝ないと。お兄ちゃんが帰ってくるまでって言ったでしょう」

俺たちに続いてリビングに入ってきた佳穂が言った。晴菜の注意が母親に向いた隙に、俺たちはリビングにある階段を上がっていった。

「じゃあ、寝る前に一冊だけご本読んでいい？　『おしりたんてい』のどれか……」

晴菜の元気な声が遠ざかっていった。二階に上がった恭一郎は、廊下の突き当たりにあるドアを開けた。明かりが点くと、そこは四畳ほどの小さな部屋だった。窓際にパイプベッドと学習机とスチール製の収納ラックが並んでいる。壁には真新しいブレザーの制服がかかっていた。母親の言った通り、きちんと掃除が行き届いている。

部屋に入った俺は、収納ラックの一番上の段に目を留める。この部屋の中で唯一、本の並んでいる場所だった。本と言っても教科書や参考書、古い学習辞典だが、隅の方にぽつんと異彩を放つ一冊があった。函に入った菊判の『角川類語新辞典』――俺と扉子は目を見合わせた。そういうことだったのか。

「じゃ、わたしは外に出てますね」

部屋に入ったばかりの扉子がドアを開けた。え、と恭一郎が目を丸くする。部屋を見せて欲しいと言ったのは扉子だから当たり前だ。しかし、この子には別の役割がある。これから始まる話を下にいる恭一郎の家族に知られないように、廊下で見張らなければならない。

「お父さん」

外へ出る前に、扉子が振り返って声をかけてくる。一瞬、唇を噛みしめるのが見えた。

「……後は、お願い。樋口くんのことも」

ドアが静かに閉まる。本当はこの場で見届けたい気持ちもあるはずだ。扉子はこの数日、杉尾たちの話をきちんと聞いて、この件の解決に協力してくれていた。初日と二日目の騒動も扉子が収めたようなものだ。

けれども、本人はあまり役に立てなかったと思いこんでいるらしく、今日は栞子さんに後のことを託して一歩引いている。俺たちが十分なことをしてくれたと言っても、あまり心に響いていない様子だった。

親の心はそうそう子供には伝わらない。

とにかく、目の前のことに集中しなければ。俺は机の前から持ってきた椅子に座って、恭一郎はベッドの端に浅く腰かけた。どう見ても今の状況に戸惑っている。それも当然のことだった。

できるだけ穏やかな声で、俺は口火を切った。

「君は康明さんのお見舞いに行った時、こう言われているんじゃないか？　自分が死んだら、好きな本を持っていっていい、って」

恭一郎は軽く瞬《まばた》きをした。

「一応は……でも、無理にって話でもなくて、興味があれば、ぐらいの感じでした。もともと本を読めって勧めたりする人じゃなくて……今考えると、そういうことを言わないようにしてたのかも」

言葉を選ぶようにゆっくり答える。俺はうなずきながら耳を傾けていた。この少年を追い詰める必要はない。彼の話を聞き、こちらも話をするのが目的だ。

「さっき虚貝堂の倉庫に入った時、君は杉尾さんに言われて、照明のスイッチを入れた。俺には分からなかったのに……君は以前にも倉庫に入ったことがあるんだね」

はい、とはっきりした答えが返ってきた。少し緊張がほぐれてきたようだ。

「四十九日の時に……祖父も後から来ました」

やはりそうだ。栞子さんからのメールの内容とおりだ。俺はメールの続きに書かれていたことを口にする。

「君は昼間、呉一郎の名前を口にした。杉尾さんが会場で手にした『ドグラ・マグラ』の函にそういう名前が見えて、印象に残ったと言っていた……それは本当？」

恭一郎は答えに詰まった。平気で二度も嘘をつけるほど、この少年は図太くないようだ。

「人物紹介は確かに『ドグラ・マグラ』の初版の函にあった。もちろん復刻版にも印刷されている。けれども、君も会場で見たように、復刻版の函はもう一つある。夢野久作の写真が載っている外側の函の内側に、初版をコピーした函が収まっている……つまり二重函なんだ」

恭一郎はちらっと収納ラックに視線を走らせた。その先に『角川類語新辞典』があるのは、見なくても分かった。

「俺たちが休憩に出る前、杉尾さんは復刻版の『ドグラ・マグラ』を眺めていた……君と扉子はそう言っていた。でも、それは外側の函だけだったはずだ。中身を確かめていれば、その時点で本物の初版本だと気付いたはずだから。俺たちがいなくなった後、ようやく内側の函を取り出した……内側の函にしか印刷されていない人物紹介を、君が見る機会はない」

俺は立ち上がって収納ラックに近づいた。恭一郎も目で追うだけで止めようとはしない。

「君は『ドグラ・マグラ』の初版の装釘を知ってる……本物の初版本か、復刻版を見たことがあるんだ。古本市とは別の場所で」

そう言いながら『角川類語新辞典』を手に取る。この書名はもちろん記憶に残っている。古本市の一日目に返品騒ぎの元になったからだ。あれは函も紙カバーもない裸本だった。今ここにある辞典は、函も紙カバーも揃っている。紙のカバーがかかった辞典は意外に珍しい。透明なビニール製のカバーが使われる方が多いからだ。そして菊判の辞典の函なら、その中にもっと小さな本を隠すこともできる。紙のカバーを巻けば外から見ても気付かれない。

沖積舎の復刻版『ドグラ・マグラ』も四六判で、この辞典より一回り小さい。

俺は辞典の函から中身を取り出し、紙カバーも外す――『幻魔怪奇探偵小説　ドグラ・マグラ』と印刷された函入りの本が姿を現す。この復刻版の『ドグラ・マグラ』も、ある意味では二重函になっていた。

「……『ドグラ・マグラ』の話は、入院中の父から聞いていたんです。何度も読み返した小説で、とにかく凄い内容だって言ってました」

恭一郎は淡々と語り始めた。俺は念のため見返しを開いてみる。Y・Sのイニシャルが入った蔵書票が貼り付けてあった。

「自分は色々な版の『ドグラ・マグラ』も持っていて、どれにも愛着はあるけれど、一番はやっぱり、オリジナルをコピーした復刻版だって。その言葉がずっと頭から離れなかったんです」

「あの署名本の話はしなかったんだね」

恭一郎はこくりとうなずいた。それも奇妙な話ではある。既に署名本を篠川智恵子から買っていて、病室にも持ちこんでいたはずだ。現に亀井がそれを目にしている。どうして息子にはその話をまったく出さなかったんだろう。あれを自分の蔵書に加えなかったこととと、なにか関係あるのかもしれない。

「でも、ネットで検索したら『読むと頭がおかしくなる』とか『何回読んでも分からない』とか『チャカポコチャカポコが長すぎる』とか、変なことしか書いてなくて。一度は読む気がなくなりました。四十九日の日、帰りになんとなくあの離れに入って、父の暮らしてた部屋を覗いた後……倉庫を歩き回ってたら、気が付くとこの復刻版が目の前にあったんです……」

不意に恭一郎の目が遠くなった。虚貝堂の倉庫にいる時の記憶が鮮やかに蘇っているのだろう。

「あ、これだな、って最初に思いました。中を見たらすごくかっこいい本で、どうしても欲しくなって……父は持って行っていいって言ってたけど、本当にそうしていいのか……バレたらまずいんじゃないか、ひょっとしたら万引きになるんじゃないかって心配もあって。でもよく見ると、すぐ近くにまったく同じ本が置いてあったんです。

二冊あるなら、一冊持っていってもバレないかもしれない……」

　復刻版の中身が持ち去られて、代わりに本物の初版本が入っていた理由がはっきりした。両者の区別がつかなかっただけなのだ。もちろん、初版本が復刻版の近くに偶然置かれているのは不自然だ。篠川智恵子が移動させたのだろう。それも栞子さんのメールに書かれていた。「恭一郎くんが『ドグラ・マグラ』を持ち去りやすくするための小細工」だと。

　けれども、こんな回りくどい小細工を施す理由までは、栞子さんにもはっきり分からないようだった。もちろん俺には見当もつかない。

「類語辞典の函に入れたのは？」

「うちの家族にバレないようにするためです。実の父親が大事にしてた本をわざわざ持ち帰ってくるのも微妙なのに『読むと頭がおかしくなる』小説だし……特に妹が間違えて開いたりしたら嫌だなって」

　俺は元気いっぱいの晴菜の姿を思い出した。あの少女なら元気いっぱいに兄の本を勝手に開きそうだ。とはいえ、まったく本を読まない高校生の部屋に、類語辞典があるのも不自然な気はする。

「これ、どうしたらいいと思いますか？」

突然、恭一郎の方から俺に質問してきた。

「お祖父さんが返して欲しいなら、返した方がいいんじゃないですか？　この前から読もうとしてるけど、結局ほとんど読めてないし。篠川先輩みたいな人を見てると、俺には本を読む能力がない気がするんです……俺の母親が俺に本を読ませなかったのも、そういう理由なのかもしれない……」

「本を読む能力は十分にあるよ。俺が保証する」

長時間の読書ができない俺とは根本的に違う。現に『人間臨終図巻』は普通に読めている。単に経験がなかっただけだろう。

「この本を返す必要は全然ない。君が持っていることは杉尾さんに伝える。きっと、納得してくれると思う」

俺は『ドグラ・マグラ』を恭一郎に手渡した。復刻版の件はこれで解決と言っていいだろう。しかし、まだすべてが終わったわけではない。

「お母さんが本を読ませなかったって話、もう少し詳しく聞かせてもらっていいかな」

それも栞子さんのメールにあったことだった。「恭一郎くんに読書の習慣がまったくないのは不自然」という指摘で、話しているうちに俺も気になり始めていた。

「あ、それは父がいなくなったのも関係があって……」

恭一郎が説明してくれる——康明がいなくなってしばらくの間、佳穂が本を見るのも嫌だったこと、恭一郎が幼かった頃は育児や仕事で多忙だったこと。つい昨日、佳穂から聞いたばかりだという。「まだ人前で本を読んだり、誰かと本の話をする気にはなれない」のだそうだ。

一見、筋の通った説明だが、それでも引っかかることがある。

「樋口さん……今のお父さんはよく本を読む？」

「あまり読まない、と思います。昔から続いてるマンガを、新刊が出ると買ったりはしてますけど」

俺はうなずいた。若い頃から読んできた長期連載のマンガだけを、習慣的に買い続けている中年のファンは珍しくない。

「じゃ、お父さんからも読書を勧められたことはないんだね」

「はい。あれをしろとか、これをしろとか口に出すようなことはなくて。教育方針とかは、だいたい母に任せてる感じで……それがどうかしましたか？」

「いや、妹さんは色々本を読んでいるみたいだから、なぜ君がそうならなかったんだろう、と思って」

恭一郎は軽く口を開けた。今まで考えもしなかった、という表情だった。「誰かと、本の話をする気にはなれない」なら、あの少女だけに読書の習慣が身についているのはなぜなのか。

俺は椅子の上で背筋を伸ばすと、乾いた唇を湿らせた。

「……お母さんが君から本を遠ざけてきた、と感じたことはある？」

「え……？　別に……確かに本を読めって、勧められたことはないですけど」

「妹さんはどうだった？」

恭一郎は考えこむ。初めてその顔にも疑念がよぎった。

「小さい頃から、絵本とかを読んでました。母と一緒に」

読書に関心の薄い親は、子供にもあまり読書を勧めない。しかし、樋口佳穂は違う。もともと文学少女で大学で文学の研究もしていて、古書店もよく利用していた。当然紙の本にも愛着がある。自分が康明に贈った樋口一葉の『通俗書簡文』を取り戻そうとする程度には。娘の晴菜には普通に本を勧め、晴菜の方も本をよく読んでいる。

「でも、母は……父の本を俺に相続させようとしてますよね」

そこが妙だった。杉尾を説得するためにビブリア古書堂に依頼までしている。

「確かにそうだけど、一方で君にはまったく読書を勧めていない。相続させようとする理由を君には話してる？」

「はい、昨日、母が会場に来た時に。『なんでそこまでして、本を相続させたいんだよ』って……そこから、母の離婚話になって……あれ？　そういえば、答えを聞いてないです……」

（答えを避けたのか？）

違和感が胸の中でふくらんでいく。本当に樋口佳穂は息子に本の相続を望んでいるのか？　逆ならむしろ理解しやすい。前の夫に似ないよう教育する――特に読書旅行の果てに何年もいなくなるような「本の虫」には。

実際、彼女は息子をそう教育してきたのではなかったか。だとすると、俺たちに依頼した真の目的は一体なんだろう？　仮に康明の蔵書を恭一郎に相続させる気がまったくなかったとしたら。

「あっ！」

突然、恭一郎が叫び声を上げた。彼は『ドグラ・マグラ』の本文ページを開いている。見開きの右側も左側も真っ黒に塗りつぶされていた。次のページも、その次のページも――恭一郎は震える手で最初から最後までめくっていった。

本のすべてのページが、一行も読めなくなっていた。黒いマーカーかなにかで丹念に消されているのだ。

「だ、誰がこんな……昨日までは、なんともなかったのに……」

顔面蒼白《そうはく》になった恭一郎が、かすれた声でつぶやいた。俺の背筋にも冷たい汗が噴き出していた。誰がやったのかは言うまでもない。今朝、この部屋を掃除した人物。俺たちをさっき出迎えた時、黒いインクで指を汚していた。

「ちょっとお兄ちゃん！　入っていい？」

どうぞと誰も言っていないのに、ばんとドアが開け放たれた。黄色いパジャマを着た樋口晴菜がジャンプしながら部屋に飛びこんでくる。続いて入ってきた扉子が晴菜の両肩をつかまえた。

「ごめんなさい、止められなくて」

「お話まだ終わんないのー？」

ふくれっ面で晴菜は叫んだ。

「お母さん、とっくに出かけちゃったよ！」

俺たちは耳を疑った。恭一郎が膝をついて、妹と目線の高さを合わせる。

「お母さんが出かけたって、どこへ？」

「なんかね、ご本をとりにいく、とか言ってた」

屈託なく晴菜が答える。

「お兄ちゃんが帰ってくる前に電話があったの。急に大事な用ができて、帰りがいつか分からないから、今日はお兄ちゃんと一緒の部屋で寝なさいって」

ひとりでにごくりと喉が動いた。ということは、俺たちがここへ来た時、佳穂は既に出かける予定だったのだ。俺との話し合いの申し出に応じたのも嘘だったわけだ。そういえば、いつでも出かけられる服装だった。仕事から帰ってきて、まだ着替えていないのだとばかり思っていた。

「お母さんが出て行ってから、どれぐらい経つ？」

扉子が尋ねる。晴菜は天井を見上げて考えこんだ。

「……アニメ一話分、ぐらい？」

母親が出かけてすぐに見始めたのだろう。三十分近く経っている。ほとんど俺たちと入れ違いに出て行ったのだ。俺も晴菜の前にしゃがみこんだ。

「お母さんが誰と電話してたか分かる？」

矢継ぎ早に質問されるたびに、晴菜の顔から表情が消えていった。こんな幼い少女を不安にさせるのは心苦しいが、尋ねないわけにはいかなかった。

「よく分かんないけど……ちえこさん、って呼んでた」

俺はぐっと奥歯を噛みしめた。篠川智恵子。栞子さんの推測通りだ。

さっき智恵子は唐突に虚貝堂に現れた。俺たちが戸塚へ向かったと知っているのは古本市の会場にいた滝野と神藤——そして、恭一郎から連絡を受けた佳穂だけだ。ここへ来る間に確認したところでは、滝野たちは今日智恵子と接触していなかった。

つまり、智恵子と繋がっているのは、佳穂ということになる。おそらく二人は情報をやりとりしているのだろう。恭一郎が蔵書を相続することについてどう言っていたのか、智恵子は言葉遣いも含めて正確に知っていた。佳穂以外に情報源はありえない。

問題は今の佳穂がなにをしようとしているかだ。

(ご本をとりにいく)

まさか——そう思った時、俺のスマホが鳴り出した。栞子さんが電話をかけてきたのだ。通話ボタンを押した途端、なんの前置きもなく栞子さんが押し殺した声で言った。

「康明さんの蔵書を奪われました……佳穂さんに」

虚貝堂のワゴン車のスペアキーは、杉尾康明が寝起きしていた離れの二階に一つ置かれていた。杉尾正臣が発作を起こした騒ぎで、離れの鍵が開いたままだということを誰も思い出さなかった。

意識を取り戻しても杉尾は布団から起き上がれそうになく、その日の話し合いはお流れということになった。

最初にエンジン音を聞いたのは亀井だった。慌てて駐車場に走っていくと、佳穂の運転する虚貝堂のワゴン車がちょうど発車していった。離れの倉庫に積まれていた康明の蔵書もきれいに持ち去られていた。

（母から情報を得ているのは察しがついていましたが、ここまで大胆な行動を起こすとは思っていませんでした……わたしの判断ミスです）

栞子さんは電話で悔しそうに言っていた。もちろん彼女の判断ミスではない。ミスを犯したのは俺だ。離れの倉庫で復刻版の『ドグラ・マグラ』を捜した時、おそらく佳穂が一番欲しい情報を亀井から引き出してしまっていた――康明の蔵書を簡単にすべて集める方法だ。「倉庫戻し　康」のメモがついている束が目印になること、今、その束は倉庫と車の中にしかないこと。

その情報を佳穂に洩らしたのはもちろん智恵子だろう。彼女がどういう思惑で動いていたのかも、いずれ問いただす必要がある。

「どうして母は、父の本を盗んだりしたんですか？」

　ワゴン車の助手席で恭一郎が尋ねてくる。俺たちはビブリア古書堂の車に乗って、海沿いの国道を鎌倉から茅ヶ崎方面に向かってゆっくり進んでいた。可能性は高いと言えないが、海岸で佳穂を見つけられるかもしれないからだ。彼女がやろうとしていることには、人気のない広い場所が必要だ。そういう場所は他にもたくさんあるが、この地域に住む人間なら土地勘のある海を選ぶかもしれない――。

　扉子は樋口家に残っている。小学生の晴菜を一人残していくわけにはいかなかったからだ。

「君に康明さんの本を読ませないためだ」

　と、俺は答える。沈黙が車内に流れた。

「……あの、すいません。意味がよく分からなくて……」

「佳穂さんは君が康明さんのようになるのを極端に恐れてる。康明さんの蔵書は彼の人格を反映している……『本から作られた人間』って本人も言っていたそうだ。君もそうならないとは言えないと思ったんだろう。だから康明さんの蔵書を確実に処分する……そのためには一旦手に入れないといけない。だから、どうしても君に相続させないといけなかった」

　恭一郎が相続すると言っても、管理するのは結局のところ親である佳穂だ。手に入れてしまえば彼女の思いどおりにできる。

「処分って……そんなこと……」

ありえない、とは言い切れない様子だった。黒塗りの『ドグラ・マグラ』を見たせいだろう。七百ページ以上ある本を、佳穂は一ページずつ塗りつぶしていた。並の執着ではなかった。

おそらく杉尾は佳穂の意図を察していた。だから、古書市を利用して息子の蔵書を守ろうとしていたのだ。

本来は佳穂もここまで急ぐつもりはなかったに違いない。しかし、恭一郎の部屋にあった『ドグラ・マグラ』がすべてを変えた。もう息子は父親の蔵書を読み始めている。しかも、康明に決定的な影響を与えたと言っていい一冊を。

一刻の猶予もならない——そこに智恵子からの情報がもたらされたわけだ。康明の蔵書すべてを手に入れるための情報が。今は蔵書を確実に、そして素早く処分しようとしているはずだ。一ページずつ塗りつぶすような、手間のかかる方法を取る余裕はない。

「五浦さん……あそこ」

恭一郎が国道の先を指差した。俺たちは稲村ヶ崎を過ぎて、七里ヶ浜の海岸沿いにいる。防波堤も兼ねた駐車場の前にある歩道に、白いワゴン車が乗り上げて停まっていた。俺たちもその後ろに車を停めて、虚貝堂の車に近づいていった。

運転席に佳穂の姿はなかった。古書が満載されていたはずの荷室には、ぽっかりと大きな空白ができている。康明の蔵書は既に持ち出された後なのだ。

（……まずい）

俺は防波堤の上にある駐車場に目を凝らした。夏の観光シーズンしか使われていない場所で、季節外れの今は照明も落とされている。波の音だけが大きく響く。だだっ広い空間のちょうど中心に、もやのような黒い人影と黒い山があった。人影は時折ぽつりぽつりと淡い光を放っている。

俺たちは足音を立てないように、慎重に近づいていった。潮風に煽《あお》られ、髪を振り乱した樋口佳穂が、積み上げられた大量の古書の前に立っていた。足下にはなにかの燃料らしい四角い缶が置かれている。

彼女の右手は風防のついた百円ライターを握りしめていた。親指が点火ボタンを神経質に何度も押している。そのたびに小さな炎が手の中で上がっていた。

「康明さんがいなくなった時は、耐えられた……あの子がいたから」

佳穂は独り言のようにつぶやく。意外に落ち着いた、優しいとさえ言える声だった。

きっと遠い記憶の中にいるのだ。

「実家の母が倒れて、お金がなかった時も、耐えられた……あの子がいたから」

「お母さん……」

恭一郎が声をかけると、佳穂の肩がぴくりと震えた。

「康明さんが急に帰ってきた時も、動揺はしなかった……若くして彼が亡くなった時も……全部、あの子がいたから」

「お母さん」

さっきよりもはっきりした声で恭一郎は言った。ようやく佳穂は顔を上げる。もう二人とも俺を意識していなかった。あのライターを取り上げられるかもしれない。佳穂の視界の外から、俺は慎重に近づいていった。

「でも、わたし……」

恭一郎を見つめる佳穂の声が震えた。

「二度は耐えられない」

暗闇の中でも、彼女が泣いているのは分かった。

「もし恭一郎が、あの人と同じことになったら……同じように姿を消したら……わたしの心はきっと壊れる」

佳穂は左手に持っていたものをライターに近づけていった。それは縦長の小さな本だった。また点火ボタンが押される。淡い光に照らされた書名を、俺は確かに読み取ることができた――『ドグラ・マグラ』。早川書房のポケット・ミステリ版だ。

「お母さん……お母さん……」

おののくように恭一郎が言う。他にかける言葉をなにも思いつかないのだろう。もう話し合いで意思の疎通をはかる余裕などない。ただ母を呼ぶことしかできなくなっている。佳穂の左手が右手に近づいていく。

「お母さん！」

息子は涙声で叫んだ。まだだいぶ距離はあったが、俺はコンクリートの地面を蹴った。その瞬間、『ドグラ・マグラ』が青い炎に包まれた。きっと燃料が染みこませてあったのだろう。炎の塊が何百冊もの古書の上にぽとりと落ちる。

次の瞬間、駐車場の中心で大きな火柱が上がった。熱風に顔を炙《あぶ》られる。

（くそ……）

もう火を消すことはできない。蔵書の方は諦めるしかなかった。俺は佳穂を羽交い締めにすると、後ろ歩きで炎から距離を取った。

「お父さん……お母さん……」

地面に膝を突いた恭一郎の頬を涙が流れている。父の記憶とも言える蔵書が灰になっていく。オレンジ色の業火が少年の姿を明るく照らしていた。
昼間、ちらりと見かけた『ドグラ・マグラ』の一節が、俺の頭をよぎっていた。

胎児よ
胎児よ
何故躍る
母親の心がわかって
おそろしいのか

エピローグ・一ヶ月後

片瀬山にある篠川智恵子の屋敷には、高い塀に囲まれて外から見えない裏庭がある。広くはないが本格的なイングリッシュ・ガーデンで、五月の今は赤い薔薇《ばら》が咲きほこっていた。美しく保たれているその庭に、今日は一ヶ月ぶりに主人の姿がある。

智恵子はガーデンテーブルの前に座って、小型の革装本を読んでいる。俺と栞子さんが裏庭に入ると、彼女は静かに本を閉じた。その表紙にはなにも印刷されていない。蔵書を自分で装釘し直したのかもしれない。この女性は製本の技術も持っている。

「お帰りなさい。やっと日本に戻ってきたのね」

正面に腰を下ろした栞子さんが、母親に向かって冷ややかに挨拶する。

「まさかあんなことがあった次の日に、ロンドンへ発《た》つとは思わなかったわ」

樋口佳穂が杉尾康明の蔵書を焼いてから一ヶ月が経っている。虚貝堂が被害届を出さなかったので、その件で佳穂が罪に問われることはなかった。

しかし、事件は樋口家の親子関係に深い溝を作った。恭一郎は佳穂と顔を合わせたがらず、週の半分を戸塚の祖父のもとで過ごしているという。

「仕事があったのよ。そもそもわたしはあの件に関係がないでしょう？　長年、佳穂さんの相談に乗っていただけなのだから」

樋口佳穂もそう言っている。十年前、失踪中の康明を見つけるために、佳穂から話を聞いたことで付き合いが始まったという。康明だけではなく、その元妻とも繋がりがあったのだ。

「でもあの日、決定的な情報を佳穂さんに流したでしょう？　康明さんの蔵書がどこにあるのか、その目印はなんなのかも……」

「彼女の質問に答えただけよ。康明くんの蔵書がどの程度売れて、どの程度残っているかを知りたがっていたから。まさか蔵書を処分するつもりだなんて思わないでしょう？」

栞子さんはその言葉を無視する。もちろん、俺たちが信じないことも分かっているだろう。この人が佳穂の意図に気付かない方がありえない。

（康明は俺に言い残していた……自分の蔵書を佳穂の好きにさせてやってくれと）

事件から数日後、杉尾から聞いた話が脳裏をよぎった。

（彼女はなにかするかもしれないが、過去のことを考えれば許されるべきだと言ってな……あの二人は康明の癌が発覚した時に会って話しているから、その時にあの女が処分を匂わせたんだろう。好きな本を持っていけと俺たちに言っていたのは、そのことが頭にあったせいかもしれん……俺は納得が行かなかった。息子の大事なものを守りたかった……息子の命が失われた供養のつもりだった）

佳穂が康明本人にすら自分の気持ちを匂わせていたなら、相談相手だった智恵子に打ち明けていてもまったく不思議はない。

「去年、お母さんは扉子に接触したことがあった。先月は恭一郎くん……きっと他にもなにか裏でしているはずよ。自分の目的のために、遠回しに計画を進めているんでしょう」

「あら、どんな計画を進めていると思っているの？」

「今のわたしには分からない」

栞子さんはきっぱり言った。

「でも、もうそれは大した問題じゃない」

俺たちがここへ来て初めて、智恵子の表情が動いた。からかうような笑みが消えて、娘と正面から視線を合せる。栞子さんが話を続けた。

「今のあなたが切実に欲しているものは少ない。こうして大きな屋敷に住んで、膨大な蔵書を揃えて、なんの不自由もなく暮らせる財産もある……求めているのは人との関わりだけ。それさえ分かっていれば、深く知る必要もない」

来たばかりだったが、栞子さんは立ち上がる。言いたいことを言い終えたし、会う機会はこれからいくらでもある。近くに住むようになるのだから。

「わたしは誰のことも見限らない。あなたの目的が誰かを傷つけるものだとしても、わたしは周りのみんなを守る……あなたも含めて」

智恵子は椅子に腰かけたまま、しばし娘の言葉を反芻《はんすう》する。なにかに思い当たったように、再び口元を緩ませた。

「あなたは皆の母親役を引き受けるつもり？」

「どう表現するかに興味はないわ。あなたの好きにしていい。わたしが心に決めたことを口にしただけ」

栞子さんは言葉を切って、自分の母親を見下ろした。その視線にはほんのりと柔らかいものが混じっていた。

「……また会いましょう、お母さん」

智恵子の屋敷を出た俺たちは、坂の上にあるバス停からバスに乗った。

「結局、母は寂しいんだと思います」

坂を下りる途中で、彼女はぽつりとつぶやいた。

「でも、自分が寂しいことにも、気付いていないんです……」

その横顔を見つめながら、俺は無言で耳を傾けている。母親の心を紐解《ひもと》くような言葉は、昔の彼女から出なかったように思う。周囲への責任感を口にしたのもそうだ。

彼女は変わりつつある。

当然、俺も昔とは変わってきている。栞子さんが母親役なら、父親役がいてもいいだろう。そういう役割を引き受けることに、俺としてはなんのためらいもなかった。

（ん？）

俺ははっと息を呑んだ。窓の外に高校生ぐらいの少年がちらっと見えた気がした。自転車で坂を駆け上がっている。慌てて振り返ったが、ちょうどバスがカーブを曲がったせいで、既に視界からは消えてしまっていた。

「どうしましたか？」

栞子さんが首をかしげる。

「……いえ」

俺は前を向いた。一瞬だったので見間違いかもしれない。

自転車に乗っていたのは、恭一郎だった気がした。


インターホンが鳴ってしばらくすると、ハウスキーパーが裏庭に樋口恭一郎を案内してきた。

「……あの、こんにちは」

硬い声で挨拶をする。警戒しているのだ。

「いらっしゃい。早く来たのね」

本を閉じた篠川智恵子は、立ち上がって建物に入っていく。戸惑いながらも恭一郎は後を付いてきた。今日、この少年を呼んだのは智恵子だ――あなたにプレゼントがある、と。

廊下の途中にある大きな扉の前で足を止めた。生体認証の端末に手のひらを当てると、かちりとロックの外れる音がした。

ドアを開けた先にあるのは、窓のない小さな部屋だった。中心に大きなパソコンデスクと書見台、製本作業などもできる作業台があり、四方の壁には造り付けの書架がはめこまれている。彼女以外は立ち入れないよう、生体式の錠が取り付けられていた。

彼女の主な書庫は二階にあるが、厳重な管理が必要な稀覯本や、他人の目に触れさせたくない本は、書斎も兼ねたここに置くことにしている。

「こっちへ来て」

智恵子が案内したのは、部屋の隅にある書架だった。古今東西の探偵小説が多く並んでいるが、明治大正の日本文学や随筆などもそれなりの数がある。『通読書簡文』、『樋口一葉全集』、『人間臨終図巻』――。

特に『ドグラ・マグラ』は何種類もあった。

「これ……なんですか？」

「わたしの手持ちの蔵書で、あなたのお父さん……康明くんの蔵書を再現したのよ。七割程度は揃っていると思う」

彼女は一度目にした書架をすべて記憶できる。その記憶を使えば、簡単に他人の蔵書も再現することもたやすい。これは杉尾康明の記憶の一部とも言えるものだ。

「ここの本を好きに借りて読んで構わない。あなたのお父さんの蔵書は失われてしまったけれど、ここへ来ればいつでも読むことができる」

「……どうして、俺に読ませてくれるんですか」

「あなたが知る必要のないことよ……なにも見返りは求めていないし、気が向かなかったら来るのをやめていい。あなたにはなんのデメリットもない話。それだけは保証するわ」

まだ少年の目には警戒の色がある。けれども答えが既に決まっていることを、篠川智恵子は知っている。

書斎で読書を始めた恭一郎を置いて、智恵子は裏庭に戻った。

ガーデンテーブルの前に腰を下ろし、黒い革装の手製本を指先で撫でる。表紙にはなにも書かれていないが、背表紙には小さく今年の年号が箔押《はくお》しされている。

これで計画は一つ前に進んだ。

彼女は目を閉じると、さっきまで目の前にいた娘夫婦を思い浮かべた。

二人を自分の後継者に、と思ったことはあった。自分の膨大な知識をあますところなく伝えられる器になるかもしれない、と。

けれども、栞子は別の道へ行った。そして大輔。彼にも素質はあったが、本が読めないというハンデが惜しかった。同じように実直で頭の回転が速く、より若い男性――そこで候補に挙がったのが樋口恭一郎だった。

彼が本に興味を抱くようになり、母親との絆《きずな》を断ち切られ、父親の蔵書を失って、ここへ一人で通ってくる――先月の一連の出来事は、ひそかに本の処分を目論む樋口佳穂と彼女を阻もうとする杉尾正臣の暗闘で、そこに便乗したのが智恵子だった。すべては誰にも悟られることなく、自然な成り行きで今のこの状況を作り出すためだ。

当初は康明から息子の手に『ドグラ・マグラ』の署名本を贈らせて佳穂を刺激する予定だった。しかし康明はそれに乗らなかったので、恭一郎に『ドグラ・マグラ』の復刻版を持ち去らせることにした。それもうまく行かなかった場合の手段はいくつか用意してあった。もっと難航することも想定していたが、意外に早く片が付いたと言える。

次に必要なのは扉子だ。同じようにここへ通ってくるように仕向けたい。

その餌となるものは既に用意している。

彼女は黒い本を開く。そこには先月の一件が記録されていた。大輔がつけている事件手帖、あれはユニークなアイディアだが、以前軽く目を通した限りではいささか完成度が低い。文字通りの備忘録で、走り書きやメモ程度の記述も多く含まれている。記録としては充実しつつも、あたかも小説のように最後まで通読できるような、そんな事件手帖があれば、扉子は自分からここへ読みに来るだろう。

智恵子は黒い本――彼女が考える完全なビブリア古書堂の事件手帖を開くと、確認のためにもう一度読み始めた。

春先の小糠雨が音もなく北鎌倉に降り注いでいる。

ビブリア古書堂は今日が定休日だ。

ガラス戸の内側にはカーテンが引かれ、鉄製の立て看板も片付けられている。横須賀線の北鎌倉駅の近くで六十年以上、三代に渡って営業を続けているこの店は、開店してから一度も建て替えられていない。時が止まったように昔の面影を残している。

参考文献（敬称略）

大野晋　浜西正人『角川類語新辞典』（角川書店）
山田風太郎『人間臨終図巻』Ⅰ～Ⅲ（徳間書店）
映画パンフレット『怪獣島の決戦　ゴジラの息子／君に幸福を　センチメンタル・ボーイ』
『キャラクター大全　ゴジラ　東宝特撮映画全史』（講談社）
元山掌 松野本和弘 浅井和康 鈴木宣孝 加藤まさし『東宝特撮映画大全集』（ヴィレッジブックス）
田中友幸監修『東宝特撮映画全史』（東宝株式会社 出版事業室）
『樋口一葉全集』（筑摩書房）
樋口一葉『通俗書簡文』（ゴマブックス株式会社）
鈴木淳・樋口智子編『樋口一葉日記』上・下（岩波書店）
和田芳恵編『樋口一葉研究』（新世社）
和田芳恵『新装版　一葉の日記』（講談社文芸文庫）
森まゆみ『かしこ一葉』（筑摩書房）
群ようこ『一葉の口紅　曙のリボン』（ちくま文庫）
田中優子『樋口一葉「いやだ！」と云ふ』（集英社新書）

夢野久作『ドグラ・マグラ』（松柏館書店）
夢野久作『ドグラ・マグラ　覆刻』（沖積舎）
夢野久作『ドグラ・マグラ』（HAYAKAWA POCKET MYSTERY BOOK）
夢野久作『ドグラ・マグラ』上・下（角川文庫）
『日本探偵小説全集4　夢野久作集』（創元推理文庫）
『夢野久作傑作選』I〜V（現代教養文庫）
『夢野久作全集』（ちくま文庫）
『定本　夢野久作全集』（国書刊行会）
杉山龍丸編『夢野久作の日記』（葦書房）
杉山龍丸『わが父・夢野久作』（三一書房）
西原和海編著『夢野久作の世界』（沖積舎）
『「夢野久作と杉山三代研究会」会報　民ヲ親ニス』（「夢野久作と杉山三代研究会」事務局）
狩々博士『ドグラ・マグラの夢　覚醒する夢野久作』（三一書房）
中井英夫『定本 黒衣の短歌史』（ワイズ出版）
谷口基『変格探偵小説入門　奇想の遺産』岩波現代全書）
出久根達郎『作家の値段』（講談社）

あとがき

『ビブリア古書堂の事件手帖《てちょう》』の第一巻が発売されてから十周年。

記念のグッズの販売やイベントの開催など、様々な形で祝っていただけて、著者としては嬉《うれ》しい限りですが、なによりこれまでシリーズを支えて下さった読者の皆様のおかげです。誠にありがとうございます。

それにしても十年です。第一巻の刊行が二〇一一年の三月。そして、今巻の刊行が二〇二二年の三月ですから、ちょうど十……。

そうですね。ごめんなさい。今巻の発売日でちょうど十一周年になります。

今、私がこのあとがきを書いている二月はまだ十周年で、グッズの予約などは既に始まっていますから、十周年を記念しているのは事実です。肝心のこの巻の刊行時期がおかしいだけです。

本来はもう数ヶ月早く刊行される予定でした。すべては私の原稿がなかなか書き上がらなかったせいで、他のどなたの責任でもありません。関係者の皆様にはこの場を借りて改めてお詫《わ》び申し上げます。

誠に申し訳ありませんでした。

ところで『ビブリア古書堂の事件手帖』の発売から十（一）年を過ぎたことの他に、もう一つ私にとって今年は記念イヤーになっています。二〇〇二年にデビューして、今年で二十年になるのです。なんとデビュー二十周年です！

……意外と広げようがなかったので、この話はこれでおしまいです。

さて、今巻はついに十冊目の『ビブリア古書堂の事件手帖』になります。

今巻は古書即売展を舞台にしたお話で、前々から出したい出したいと思っていた作品の一つ、夢野久作の『ドグラ・マグラ』を取り上げることができました。ご興味をお持ちの方はぜひお読みになって下さい。角川文庫からも刊行されています。

次の巻で取り上げる作家もほぼ決まっています。毎度毎度予告ばかりしている前日譚《たん》、栞子《しおりこ》の過去の話も次あたりで本当にやるつもりです。

よろしければ次巻もお付き合い下さい。今後ともよろしくお願いいたします。

三上《みかみ》　延《えん》

＜初出＞

本書は書き下ろしです。

この物語はフィクションです。実在の人物・団体等とは一切関係ありません。

メディアワークス文庫

ビブリア古《こ》書《しょ》堂《どう》の事《じ》件《けん》手《て》帖《ちょう》III

～扉《とびら》子《こ》と虚《うつ》ろな夢《ゆめ》～

三《み》上《かみ》 延《えん》

2022年3月25日　初版発行
2024年9月25日　3版発行

発行者　山下直久
発行　株式会社KADOKAWA
〒102 - 8177　東京都千代田区富士見2 - 13 - 3
0570-002-301（ナビダイヤル）
装丁者　渡辺宏一（有限会社ニイナナニイゴオ）
印刷　株式会社KADOKAWA
製本　株式会社KADOKAWA

Printed in Japan
ISBN978-4-04-913952-5 C0193

メディアワークス文庫　https://mwbunko.com/

本書に対するご意見、ご感想をお寄せください。

あて先
〒102-8177　東京都千代田区富士見2-13-3
メディアワークス文庫編集部
「三上 延先生」係

夏の終わりに君が死ねば完璧だったから

斜線堂有紀

最愛の人の死には三億円の価値がある――。
壮絶で切ない最後の夏が始まる。

片田舎に暮らす少年・江都日向（えとひなた）は劣悪な家庭環境のせいで将来に希望を抱けずにいた。

そんな彼の前に現れたのは身体が金塊に変わる致死の病「金塊病」を患う女子大生・都村弥子（つむらやこ）だった。彼女は死後三億で売れる『自分』の相続を突如彼に持ち掛ける。

相続の条件として提示されたチェッカーという古い盤上ゲームを通じ、二人の距離は徐々に縮まっていく。しかし、彼女の死に紐づく大金が二人の運命を狂わせる――。

壁に描かれた52Hzの鯨、チェッカーに込めた祈り、互いに抱えていた秘密が解かれるそのとき、二人が選ぶ『正解』とは？

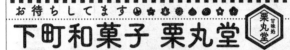

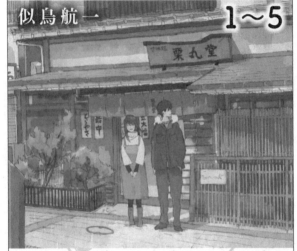